集英社オレンジ文庫

煙突掃除令嬢は妖精さんの夢を見る

～革命後夜の恋語り～

倉世　春

本書は書き下ろしです。

煙突掃除令嬢は
妖精さんの
夢を見る

CONTENTS

イラスト／長門さわこ

煙突掃除令嬢は妖精さんの夢を見る

～革命後夜の恋語り～

プロローグ　十年前

涙が止まらないのは、絶望の知らせのせいだった。

母が真っ先に処刑されたのは知っていた。父も、反対する者は多かったようだが、王政反対派の強い主張に抗えず、死刑台に送られた。

（だけど、弟まで……）

荒っぽく進む馬車のなか、薄汚れたドレスのスカートを握りしめる。

——王太子だったルイ＝ニコラも死んだ。国王一家の生き残りは、おまえだけだ。

処刑ではなかったと信じたい。ルイ＝ニコラはまだ十歳だったのだ。革命が起こり、国王一家が王宮を追いだされたときは八歳。そんな彼に、どんな罪もあろうはずがない。

（神様……）

この世にはもう、絶望しかなかった。長く歩くことがなかったせいでもつれる足を、無理やり引きずるようにして幽閉場所から出され、馬車に押しこまれた。右と左を固める男たちは無口で、アンヌ＝マリーの顔を見ようともしない。たぶん、関わりを持ちたくないからなのだろう。

（きっと、わたくしも殺されるのね）

覚悟はできていた……できているつもりだった。自分の死なら、両親のように静かに受け入れようと努力したかもしれない。だけれど、弟の死だけは受け入れ難かった。せめてそばにいてやりたかった。怖がらなくていいように、励ましてやりたかった。誰か最期にあの子の手を握ってくれる人は……いたのだろうか。

（『煙突の妖精さん』）

アンヌ＝マリーの心に、わずかに希望の光が射す。あの、不思議な妖精……一人ぼっちだったアンヌ＝マリーのもとを訪れ、素晴らしい夜空を見せてくれた男の子が、弟のもとにも現れてくれていたら……いいのに……。

がくん、と馬車が揺れた。かなりの速度を出していたものが、急に停まった勢いで、アンヌ＝マリーも左右の男たちも前方の壁に叩きつけられる。

「なんだ？　いきなりどうした？　おい、どうなっているんだ……っ」

御者(ぎょしゃ)が応(こた)える前に、馬車の扉が開いた。川沿いを走っていたらしく、対岸の灯(ともしび)が遠くに揺らいで見える。アンヌ＝マリーの片側にいた男が、いきなり外に引きずり出されたかと思うと、抗議の声を、どすっという重苦しい音が打ち消した。

（なにが……）

反対側の扉も開き、もう一人いた男も外に消える。恐怖に思わず叫びだしそうになった口を、闇のなかから伸びてきた手が塞いだ。

「叫ぶな！　味方だ、こっち来い！」

男の子の声だった。切羽詰まった響きに、一瞬抵抗をやめたアンヌ＝マリーの体がふわりと宙に浮く。抱き下ろされたのだとわかったのは、裸足が柔らかい草に触れたあとだった。周りが暗くて、男の子らしき姿も影のかたまりのようにしか見えない。

「あなたは、どなた……？」

「うるせえ、行くぞ」

とっさに意味がわからないくらい、聞きなれない乱暴な言葉遣いだったが、手探りでアンヌ＝マリーの手首をつかんだ手のひらは熱く、力強かった。アンヌ＝マリーはこの温もりを知っていた。いまも、以前も、姿はよく見えないけれど、声に聞き覚えがある。

「あなたは、『煙突の妖精さん』……？」

返事の代わりに、つなぐ手に力がこもった、ような気がした。そのとき、

「おいっ、ガキ！　どういうこった、こいつら、ろくに金目のものなんか持ってねえぞ！」

「知るか」

と、吐き捨てた男の子は、声を無視して河岸のほうへ駆け降りようとしたが、進む方向から松明を掲げた人間が数名、こちらにのぼってくるのを見つけて立ちどまる。

「――そこの者たち、なにをしているっっ？」

「あれは貴族だ。王政派かっ？」

　問いかけながら男の子がアンヌ＝マリーを振り向いたが、その顔も松明の影になって見えない。アンヌ＝マリーは首を横に振った。

「わからないわ、あなたが、なにをおっしゃっているのか……」

「あの身なりと喋り方は貴族だ。王政派の生き残りがあんたを助けようってんなら、おれの出る幕じゃねえのかもしれねえ。でも」

　納得しきれないものがあるのだろうか。それは、アンヌ＝マリーも同じだった。王政派とは、アンヌ＝マリーたちクロノス国王一家を支持する貴族たちを指すが、離宮逃亡事件のあと軒並み投獄されるか処刑されて、すっかり力を失っていると聞いている。そんな彼らが、今さら生き残りの王女のもとに現れて、なにを……。

「王女殿下っ、そちらにおいでですか！」

　松明が近づいてくる。アンヌ＝マリーはとっさに男の子の後ろに隠れた。背の高さはほとんど変わらないし、お互い痩せっぽちなところも似ていたが、力強い背中だ。男の子もアンヌ＝マリーを隠すように腕を広げて、松明の相手に向き合った。

「どけっ、子供。我々は急ぐのだっ」

「あんたら、王政派だな。なんで今夜、王女が移送されるってわかった？」

「そのようなことはどうでもいい。王太子殿下がお亡くなりになられたいま、王女殿下まで失ってしまったらロジャースの専横を止める者がいなくなってしまうのだ！」

「……だから、あんたらは馬鹿なんだ、今夜、王女が移送されるのを知っているのはロジャースの周り、一部の人間だけだ。あんたらに情報が洩れるはずないんだ。それがわざわざ、ご丁寧に川べりを通る道筋まで知らされたってことは」

　松明を持つ男の目が不安に揺らいだが、それでも決めたことは実行に移さなければならないと思うらしい。男の子の肩をつかみ、力任せに脇に押しのけた。男の子が叢に足をとられ、尻もちをつく。とっさに駆け寄ろうとするアンヌ＝マリーの前に、松明の男が立ちふさがった。着ているものや、立ち姿で貴族だとわかる。男はアンヌ＝マリーに手を差しのべ、

「王女殿下、参りましょう。我々があなたをお守りします、どうか……」

　ぱん、と弾ける音が聞こえ、貴族の体が跳ねた。見あげるほどだった大人の男の膝がくずれ、足元にうずくまってしまった理由がわからない。ぱん、ぱん、と、破裂するような音が立て続けに数発続いたあと、道の上のほうから怒声が聞こえた。

「いたぞ！　王女はあそこだ！」

「気をつけろ！　王政派の生き残りがまだ隠れているかもしれん！」

　その推測は正しかったらしく、アンヌ＝マリーが立っている河岸のほうからも応戦する

銃声が聞こえ、道の上にいる者たちが馬車の後ろに隠れた。

いったい、なにが起こっているのか。どうしたらいいのか。立ちすくむアンヌ＝マリーに、

「アンヌ＝マリー、逃げろ！」

叢に伏せながら、男の子が怒鳴った。

「顔を隠して、名前も変えて、どっか行け！　捕まったらあんたは終わりだ、二度と、夜空なんか見られなくなる！」

夜空。アンヌ＝マリーと、大事な人しか知らない言葉に、心が動いた。

「やっぱりあなたが、『煙突の妖精さん』なのね……？」

「早く行け！　もうあんたに義務なんかない。おれたちと同じだ、自由で、平等な人間のはずなんだ！　ルイ＝ニコラの死を無駄にすんな。そうだ、おれはあんたに、これを……」

男の子がシャツの胸元を探り、なにかを取りだそうとした。仕草は見えたが、同時に銃を持った男たちが幾人も、河岸を駆け下りてくる姿が見えた。ルイ＝ニコラの死を無駄にしてはいけない――逃げなくては、わたくしも殺されるだけ。強い気持ちに衝き動かされ、くるりと全員に背を向けて、走った。

「アンヌ＝マリー王女、待て……っ！」

「アンヌ＝マリー、待て、そっちは……！」

進む先に道などなかった。叢が途切れたあとには暗い水が広がっているだけ。でも、対岸の灯りがちらちらと散る水は、まるで夜空のようでとても美しい。そう——人々が話しあうこともせず、命を奪いあう世界よりは、よっぽど……。

「アンヌ＝マリー……！」

最後に、『煙突の妖精さん』の声が聞こえたような気がする。遠くのほうで水音も。アンヌ＝マリーは空気の泡を吐きながら微笑んで、ゆらゆら揺れる水面を見あげた。

神のご加護を。

第一章　煙突掃除のニナ

クロノス共和国の首都、カザリン。夕暮れ、馬車の行きかう共和国通りの喧騒（けんそう）を抜けて、路地に入ると、手回しオルガンの音が聞こえてきた。陽気で素朴（そぼく）な音色は耳に心地いいのに、足を止めて聴くものはいない。家に帰る途中の子供たちも、オルガンの前は素通りだ。だいぶ老境にさしかかったオルガン芸人は、片手で手回しオルガンを奏でながら、片手で人形を操り、歌も歌っているのだった。

むかーし、昔。とはいっても十と二年にしかならない昔。
クロノス王国と呼ばれた国には、とっても悪い王様とお妃様がおりました。
お妃様はよその国をそそのかして、クロノス王国を攻め滅ぼそうとしておりました。
それに気づいた市民は怒って、王様とお妃様のいるお城に押し寄せ、
王様の頭から冠を奪いとり、追放してしまったのです。
こうしてこの国は、王様とお妃様ではなくて、市民のものになりました。

こんなふうにして、クロノス共和国はできあがったのであります……。

ニナが稼ぎを入れた袋から小銭を出して、手回しオルガンの足元の箱に入れると、芸人がちょっと帽子を持ちあげてお辞儀をした。

「ありがとうよ、ニナ」

「商売はうまくいっている？」

単刀直入に問うと、老芸人は大げさに顔をしかめて、肩を竦(すく)めた。ニナはぷっと笑う。

「せっかく素敵なオルガンなんだから、もっと別のお話を語ればいいのよ。いつも同じ革命の歌ばかりだから、子供たちも飽きちゃったんでしょう」

「どんなお話が望みかね。王子が王女を塔から助けだす話か、それとも、賢い王様が知恵を巡らせて悪い龍を倒す話か。そんなものを語った日にゃ、あっというまに査問会の呼びだしをくらって、わしの首は胴体からおさらばするだろうよ」

「ふうん。ただのお話なのにね」

「まったく、面倒くさい世の中になったもんだ。……おっと、いま言った話も聞かなかったことにしておくれ。通りのどこに、査問会の目と耳が隠れているかわからんからな」

「そうするわ」

老芸人にひらひらと手を振って別れを告げ、再び路地を歩きだす。どこからか剝がれてきたお尋ね者の張り紙が、石畳を擦ってやってきてブーツに引っかかったが、爪先を持ちあげるとまたひらりとどこかへ飛んでいった。ちらりと見えた内容は、これまで幾度も見てきたものと同じ――『尋ね人。アンヌ＝マリー元王女。特徴、白金髪、巻き毛。薄茶色の瞳。心当たりのあるものは、議事堂に申しでるべし』……硬い文章の下に、ふっくらした頬の少女の絵が描かれている。元王女が行方不明になったのは十年も前なので、そろそろ大人びた絵と差し替えたほうがいいのではないだろうか。

（まあ、私には関係ないけれどね）

　ニナは口笛を吹きながら、夕暮れの住宅街をのんびり歩いていく。つばのある黒い帽子に、黒い上着と黒いマフラー、黒いズボン、黒いブーツ。煤除け用のテントで大小のブラシと、ブラシつきロープをまとめて包み、肩に担いでいる。帽子からこぼれた髪は濃い灰色で、煤けた肌は赤らんでいた。煙突掃除の仕事をしているのだから、多少の火傷はご愛敬だ。

　見あげると、どの家の煙突も忙しそうに煙を噴いている。居室を温めたり、かまどで料理をしたりと、人が快適な暮らしを送るにあたって煙突は必要で、大切だ。

（あのあたりの煙は、だいぶ煤けていて掃除が必要そうね。明日あたり、声をかけてみようかしら）

　翌日の仕事の計画なども練りながら、共和国通りの路地からエロール通りへと抜けると、一区画を区切るように囲んだ高い柵が見えてくる。柵には蔓薔薇が這っており、一見華やかなふうには見えるのだが、先は槍のように尖っていて、招かれざる者の侵入を固く拒んでいた。

ここは『花籠の館』。共和国では知る人ぞ知る高級サロンで、かつて国王の覚えめでたかった貴族の館をそのまま転用しているため、王国の華やかなりし時代の雰囲気を味わいたいと思う新興資産家たちには人気の場所だ。同じ経営者が共和国通りに大きなレストランも構えており、そちらは市民なら誰でも気軽に利用できるのだが、『花籠の館』に出入りできるのは、信用ある顧客の紹介を受けた人間だけ。

それは、サロンで働く娘たちを守るために、必要な仕組みだった。

『花籠の館』で働くのは、元貴族の娘たちばかり——十二年前にはじまった革命のあと、それまでクロノス王国を治めていた国王が処刑され、身分制度は廃止された。国民全員が平等になったとはいうが、もともと身分が高かった者ほど、名誉も財産も没収されたうえに兵役の義務まで課され、逆らえば投獄されたり処刑されたりと、容赦ない苦境に追い込まれたのだ。

一家を支える主が処刑されてしまった場合、家も財産も頼れる人も失った元貴族の女性たちは、自ら体を売る以外に日々の糧を得る方法がなかった。

『花籠の館』をはじめたのは、元貴族に仕えていた婦人で、かつての主の娘たちが身を持ち崩していくのを見かねたらしい。商売をしていた夫の力を借り、競売にかけられた元伯爵の館を買い取って、サロンをはじめたのは五年ほど前だ。

（フォンティーヌの商才は大したものだわ。旦那さんが議事堂に出入りする商人だから、議会に顔が利くっていうのもあるんでしょうけれど……みんなが元貴族から顔を背けるなか、あえて伯爵家に仕えていた料理人を雇ってレストランを任せたり、行き場のない娘たちにサロンで出会いの機会を与えたりして……もちろん、そこで女の子を気に入った男が有力者だったりしたら、あちこちとのコネが強くなって、旦那さんの商売がますます繁盛するわけだし）

まったく、ただの煙突掃除人には考えられないくらい複雑な状況のなかで、みんながんばって生きているわけだった。

「ただいまー」

ニナはサロンの客ではないので、正面の門から出入りはできない。蔓薔薇の柵のあいだに、こっそり切りとられた裏口を見つけると、腰にぶら下げた小さな鍵を挿して、蔓薔薇の裏へと滑りこんだ。門のなかは手入れの行き届いた庭園が広がっていて、木や花壇や小道の配置が絶妙なので、客たちはお互い顔を合わせずに散策を楽しめるようになっていた。

まだ日は暮れきっていないので、客が訪れる時間帯ではない。

ニナが脇道を選んで建物に近づいていくと、厨房の煙突がさかんに白い煙を噴きあげているのが見えてきた。エプロンをかけた女性たちが忙しく行き来しているのは、これから客を迎える準備のためだ。

（いつもよりちょっと忙しそうね。大勢のお客様が来るのかしら、それとも？）

ニナは立ちどまった。

コケーコッコッコッコッ！

厨房のほうから、必死な形相のニワトリが、翼を大きく広げながらニナのほうに向かって駆けてくる。

「ま……待って、待って……お願い、待って――……」

鉈(なた)を手にした少女が、息も絶え絶えに叫びながらあとを追ってくるが、どう見ても追いつくのは無理そうだ。

ニナはニワトリが自分の横を通り過ぎようとした一瞬、手を伸ばしてその首根っこを捕まえた。躊躇(ためら)いなくひねりつぶしてから、ぐったりした羽毛のかたまりを少女に差しだす。

「はい。絞めちゃってよかったのよね？」

「うん……あ、ありがとう、『煙突ちゃん』……ニナ」

びくびくしてニワトリを受けとりながらも、ちゃんとお礼を言うのを忘れないあたり、この少女の育ちの良さがうかがえた。

少女の名前はエリーゼといい、去年、義勇軍に加わっていた兄が死んだために『花籠の館』に引きとられたばかりだ。十四歳という年齢は、娘たちのなかでいちばん若い。

　ニナは、ニワトリを受けとったエリーゼがもの言いたげに俯いているのをいぶかしく思い、下から顔を覗きこんだ。髪は赤っぽい金髪で、鼻のあたりにそばかすがあり、ものすごく器量よしというわけではないが、儚げな風情が可愛らしい。

「どうかしたの、エリーゼ？　元気がないみたいだけれど」

「え？　ううん、なんでもないの」

　エリーゼはぱっと顔をあげて、厨房を振り向く。ちょうどエプロンをかけた金髪の女性が出てきたところで、エリーゼとニナを見つけると足早にこちらへ近づいてきた。

「エリーゼ！　ニワトリを絞めるのにいつまでかかっているの！」

「ご、ごめんなさい、リリアーヌ……」

「あら、ニナ。おかえりなさい」

　リリアーヌは『花籠の館』の主、フォンティーヌからなかの采配を任せられている女性だ。豊かな金髪に青い瞳、女らしい体つきの美人だが、気性がさっぱりしているのでニナも話しやすい。リリアーヌはニナと、エリーゼの腕のなかですでに絞められているニワトリを見比べて、溜息をついた。

「ニナに手伝わせたの？　自分でやらなきゃいつまでたってもうまくならないんだから、ニナも余計な手を貸しちゃだめよ」

「たまたま、こっちに向かってきたから捕まえただけだったのよ。リリアーヌ、今日はずいぶん忙しそうね。お客様が多いの？」

「お客は一組だけだけれど、準備にかかるのが遅れたのよ。査問会の査察が入ったから」

「……なにかあったの？」

　査問会とは、共和国議会の諮問機関で、市民の言動に目を光らせては、いまや存在するかどうかもわからない王政派——かつて王国を治めていた国王を支持する者たち——を、探しだすのが仕事だ。うっかり査問会に目をつけられようものなら、すぐさま裁判にかけられ、王政派にでっちあげられて処刑されてしまうことだってあり得る。

　というより、この『花籠の館』にいる娘たちの家族も、ほとんどがその査問会に捕らえられて、裁判を経て処刑されてきたのだった。

　そういう成り行きがあるのでニナは思わず声を低くしたのだが、リリアーヌはあっさりと首を竦めてみせる。

「たいしたものじゃないわよ、いつものこと。この『花籠の館』にアンヌ＝マリー元王女殿下が隠れていないか、調査が入ったのよ」

「ああ、それ」

　ニナはほっと息をついた。かつてクロノス王国を治めた王と王妃は処刑され、王太子も病死したなかで、アンヌ＝マリー第一王女だけが生死不明とされ、いまも共和国議会は行方を捜している。幽閉されていた塔から別の場所へ移送される際に、王女を奪還しようと試みた王政派と警備兵のあいだで撃ちあいが起こり、恐怖にかられて逃げだした王女は足を滑らせて川に落ちたとか、なんとか。

「王女が行方不明になったあと、下流でとれた魚のお腹から白金の髪がごっそり出てきたんでしょう？　水死して、魚に食べられちゃったっていうのが結論じゃなかった？」

「あの当時はねえ、もう、魚が王女の装飾品も呑みこんでいるんじゃないかって、市場で買い占めが起こって大変だったらしいわ。髪の毛のほかには、ボロボロのドレスをまとった骨も見つかったらしいしね。それでも――……もしかしたら、って、捜したい連中がいるんでしょう。いまさら王女殿下を見つけたところで、どうしたいのか知らないけれど」

「ご両親もきょうだいも亡くなっているんだものね。お気の毒だわ」

　国王一家に同情的なことを洩らすと、王政派とみなされるからだろうか。リリアーヌは変な顔をしてニナを見たが、死んだニワトリをぶら下げたエリーゼがまだ二人の隣に突っ立っているのに気づくと、

「なんてこと。まだあなた、そこにいたの。さっさとニワトリを持っていって羽をむしらないと、お客様にお出しするメインディッシュの皿が空っぽになっちゃうでしょうが。早く戻りなさい！」

「は、はい……ごめんなさい、リリアーヌ……っ」

　はっとして、我に返ったようだったエリーゼが、ニワトリをぶら下げながらぱたぱたと厨房に戻っていく。リリアーヌは腰に手をあてて、呆れたように少女を見送った。

「あれじゃあねえ、サロンに出せるのはいつのことになるのか、わからないわ」

「エリーゼはまだ子供でしょ。サロンに出るのなんて、もっと先でもいいじゃない」

　サロンでは酒も提供するし、客の男性が気に入った娘に声をかけて口説く流れになることが多いため、気持ちが幼い娘は危なっかしいので接待に出さない決まりだ。そこの見極めをするのもリリアーヌの役目なのだが、一度預かった娘を甘やかすつもりはないらしく、厨房の前で、こわごわ一本ずつニワトリの羽を引っこ抜きはじめたエリーゼを眉をひそめて睨んでいる。

「もっと先なんてのんびりしているうちに売れ時を逃したら、損するのはあの子ですからね。どこの家に貰われても困らないように、きっちり家事でもなんでも仕込んでやるのがわたしの役目よ」

「リリアーヌに任せておけば安心ね」

　ニナが思ったことをさらりと言うと、リリアーヌは頬を赤くした。

「褒めたってなんにも出ないわよ――でも、ニナがちゃんと今日の売り上げを渡すんなら、夕食のスープにさっきのニワトリの肉の切れ端をつけてあげる」

「嬉しいわ。お腹がぺこぺこなんだもの。はい」

　ニナは一日の稼ぎの入った財布を丸ごと、リリアーヌの手に置いた。リリアーヌは黒ずんだ巾着袋の口を緩めてなかを覗きこもうとしたが、煤臭さに噎せる。

「けほっ……もう、これ、いくら入っているの？」

「五十五ペトラ。さっき大道芸人に一ペトラあげたから、残りは五十四かな」

「無駄遣いなんかするんじゃないわよ。下宿代と食事代をのぞいたら、あなたの親方のぶんとあなたのぶん、あとで届けるから」

「うん、ありがとう」

「それから——母さんから伝言があるんだったわ。今夜のお客様は特に丁重にもてなさなきゃならないから、煤だらけの『煙突ちゃん』は絶対にサロンに近づかないようにって」

　母さんとは『花籠の館』の女主人、フォンティーヌのことだ。娘たちの采配についてはリリアーヌに任せきりでも、こと接客となるといつも張りきってサロンのなかを走り回っているらしい。ニナは素直に頷きつつも、苦笑して、

「これまでサロンに近づいたことなんかないじゃない」

「そりゃあね。でも、母さんの張りきる気持ちもわかるのよ。特に今夜の招待客を満足させられたら、『花籠の館』の娘たちの評判は爆あがりでしょうからね」

「いったい誰かしら。まさか、議会のお偉いさん？」

　遠回しに指摘した人物が誰か思い当たったらしく、リリアーヌは嫌な顔をした。

「ロジャースのやつがこの館の敷居をまたごうとしたら、手が滑ったふりをして頭から泥をぶちまけてやるわよ。今夜のお客様は、クロード議員の紹介だけれど、議員ではないわ。それどころではない有名人だけれどね──なんと『革命の英雄』よ」

もったいぶって教えられ、ニナは数秒考えてから思いだした。

「『革命の英雄』って……確か、ジャン・コルビジエとかいう?」

「もっと驚きなさいよ。そうよ、そのジャン・コルビジエ──『革命の英雄』にして『義勇軍の救世主』。いまこのクロノス共和国のなかでもっとも有名な若い男にして、しかも独身。『花籠の館』の娘が落とさないわけにはいかないでしょう?」

リリアーヌは腕組みをしながらも、うずうずしているようだ。革命とは、十二年前に市民が王宮に押し寄せて国王一家を離宮に追放したことからはじまる一連の出来事の総称だが、その流れのなかで、元は伯爵家の令嬢だったというリリアーヌも家族を奪われているはず。私情と商売は別物と考えているのか、それとも?

「ジャン・コルビジエのスープに煤を入れてやらなくていいの?」

ニナが遠回しに訊くと、リリアーヌは肩を竦めた。

「革命がはじまったとき、『英雄』殿はまだ十三歳だったでしょ。ロジャースの専横がはじまった時期に、首都を離れて義勇軍に加わったらしいし。小さなことにいちいちこだわっていたら、生きちゃいられないわ。じゃあね、ニナ。わたしも戻るから」

「リリアーヌ、水盆は使っていい？　今日、頭から鳥の巣をかぶっちゃったから、臭いが気になるのよ」

「お好きに。でも、早いうちに済ませてね。食事を終えたら『英雄』様が女の子を連れてお庭を散策なさるかもしれないから」

＊

ニナが暮らしているのは、『花籠の館』の庭園の片隅にある小屋だった。柵に紛れるようにつくった円筒形の建物で、なかは人一人が横になれる程度の広さ。もともと庭師が使う道具小屋だったようだが、煙突掃除の親方がニナのためにフォンティーヌと交渉してくれ、間借り代を払って住みつくようになって、そろそろ五年が経つ。

（私は別に、ずっと親方の家で暮らしていたって構わなかったのにね。一人前になった弟子は一人で暮らせ、なんてもう、素っ気ないんだから）

仕事道具を担いだまま小屋のなかに入るととんでもないことになるため、ニナは先に裏手にまわった。煤よけテントを肩から下ろして地面に広げ、その上でブラシ一つ一つの汚れを払い、他の道具類も拭いてきれいにしてから、自分の世話にとりかかる。

まず、帽子。両手でつばをつかんでそっと持ちあげ、ひっくり返すと、隙間に溜まった灰がふわふわと舞い落ちてきた。

それから、マフラー。これも外すだけで灰が飛んだが、手のひらで叩けばさらに、編み目に入りこんでいた煤がはらはら足元に積みあがっていく。上着も、ズボンもブーツも同じく。仕事道具と衣服の手入れを終えたニナは、男物のシャツ一枚の格好で、しかも裸足だった。

(そろそろ冷えてくる季節になったわねえ。今年こそ、あったかい靴下を買おうかしら)

箒で煤を集め、専用のバケツに溜めておく。きれいになった仕事道具を小屋の入り口に置き、代わりに洗面器と櫛と手拭いを取って、いそいそと庭園に入った。

まだ空は薄明るいし、庭園にかがり火も点されていない。娘たちはお客様の歓待の準備で忙しいし、お客様のほうも、そろそろ到着する頃合いだったとしても、女主人の熱烈な歓迎の挨拶を聞き終えるまでは、窓の外を見ることも許されまい。

よしんば庭園を眺めたとしても、ニナはそもそも人目につかない小道を選んで歩いているし、髪も手足も灰色で、周りの薄闇と区別がつかないだろうし。

(でもまあ、さっさと済ませるのにこしたことはないか)

リリアーヌはスープに肉の切れ端をつけてくれると言っていた。ニナは、煙突に潜れなくなると稼ぎが落ちると親方に教えられてきたため、あまり食べない癖がついているが、おいしい食事はもちろん大歓迎だ。早く髪から鳥糞の臭いを落とし、手も顔も洗って食事に備えなければ。

「肉、にーく、お肉……」

鼻唄交じりで水盆に辿りつく。

庭園には数か所泉が設けられているが、ニナが身支度によく使う水盆はもっとも隅っこで人目につかず、水量も、ようやく手を洗える程度のささやかなものだ。使い方は心得ており、大理石の水盆から溢れる水を洗面器に溜め、先に手足を洗う。汚れた水をこっそり植木にあげてから、次は顔を洗い、きれいな水を洗面器に溜め直した。

水を持って花壇に向かい、石垣の端に腰を下ろす。頭の上のほうで髪をまとめていた紐を解くと、ばさりと音がする勢いで、重たい髪が背中に広がった。

仕事中は帽子を脱がないようにしているのだが、どう気をつけても煤けてしまうので、長年の煙突掃除暮らしが染みこんだ髪は、すっかり灰と同じ色に染まっている。

(もとの色なんかわからなくなっちゃったわ)

それでも手入れをしなければ、粘土のようなかたまりになってしまうため、持ち物のなかでは唯一の贅沢品といっていい、骨製の櫛を水に浸し、毛先から丁寧に梳っていく。

ニナは背が低い。一日のほとんどを煙突のなかで過ごしているおかげで、日焼けはしていないが火傷だらけだし、体も痩せぎすだ。かつて、川べりで行き倒れて死にかけているところを親方のラザールに拾われたのだが、それ以前の自分については曖昧な記憶しか残っていなかった。

――煙突掃除に過去はいらん。

と、親方が言うため、普段はそういうものかと納得して、気にしないようにしているが、こちらは気にしていなくてもほかの誰かが気にするかもしれないし、ひとに迷惑をかけることだってあるかもしれない。

だから、あまり人とは関わらないようにしていた。リリアーヌとも、言葉を交わすのは間借り代を支払うときくらいで、友達のように一緒に出かけたりしたことはない。

（そもそも煙突掃除人だもの。出かけたって、普通のお店には入れないし、こんな痩せぎすがそばをうろついていたんじゃ、サロンの評判に関わるし）

雨漏りのしない小屋に住まわせてもらえるだけ、大満足ということだ。ニナは石垣に片足をのせて、楽だが行儀の悪い格好で髪を梳り続けた。だんだんと櫛が通るにつれて、灰色でもそれなりに艶を帯びてくる。

「『煙突さん、煙突さん、どうしてこんなに黒い煤。おまえのお腹を磨いてあげる』……」

歌が途切れた。気のせいかとも思ったのだが、水盆の向こうに人が立っている。サロンの娘ではなく、男性のようだ――……せっかくいい気分だったのに。

「そちらにいらっしゃるのは、お客様？」

もしも娘たち目当てで館に忍びこんだ不審者だったら、すぐさま大声をあげなくてはならない。身構えながらニナは重ねて言った。

「それとも、迷子かしら。ご不浄でしたら、館のなかにありますよ」

「はい。あ……失礼」

艶のある、いい声だった。上ずったり、焦ったりはしていない。ニナは櫛を洗面器に放り込み、さっさと手拭いで髪を拭(ぬぐ)って立ちあがった。謎の男は立ち去るでもなく、水盆の向こうからじっとニナを見ている。ずいぶん背が高いようだ。サロンに出入りする議員たちがよく着ているのと同じ、ツイードの上着とズボンを着ているものの、あまり似合っていない。ニナが背を向けて立ち去ろうとすると、男が急(せ)いたように喋(しゃべ)りだした。

「確かに用足しに行くと言って出てきたのですが、迷子になったわけではありません。あの、館のなかが……騒がしくて。評判のいいレストランでご馳走(ちそう)するからと誘われてきたのですが、どうやら予想とは違う場所のようですね」

「サロンにいらっしゃるのははじめてかしら。提供するお料理は表通りのレストランと同じか、それよりも上等よ。女の子たちもお客様を歓迎するために一生懸命なだけだから、場所に気後(きおく)れしたりしないで、とりあえず召し上がっていらしたらいいと思うわ」

「高級料理か。正直、興味が湧きません。エルガードとの戦線に近い国境の村では、食べ物に困った村人が鼠(ねずみ)を捕まえて焼くのを見てきたというのに」

「食事を出す店にいらしておきながら、飢(う)えた人の話をするのはおかしいでしょう」

「――食べ物のことだけではありません。この館で働いている女性たちは、みな元貴族出身の方たちばかりだそうですね。元貴族の男は兵役の義務を負わされて戦場で命を散らしているというのに、女性たちはきらびやかな服をまとって、上等な料理に酒か……いい気なものだ」

かちん、ときた。ニナは『花籠の館』の間借り人であって、サロンの人間ではない。この男がお客様なら余計に、気持ちを逆なでするような発言をするべきではないかもしれない。でも、

(世の中には、言っていいことと悪いことがあるのよ)

洗面器を叩きつけるように置いて、つかつかと男のもとに歩みより、薄闇でよく見えないが、驚いているらしい顔を真下から睨みつけた。

「『花籠の館』の娘たちが、いい気なものですって？　本気でそう思っていらっしゃるなら、あなたはよほどの田舎者か、ただの世間知らずだわ」

「……どういう意味なのか、詳しくお教え願えますか」

落ちついた答えが返る。薄青い空を背景にした顔を見あげていると、ニナは不思議と、昔どこかでこの人を、こんなふうに見あげたことがあるような気がした。もちろん、そんなわけがないけれど。

「あなたは何歳なの？」

「二十五歳です」

「革命がはじまったときは十三歳ね。とっくに物心がついていらっしゃったのなら、そこから十二年のあいだに起こった出来事をご存じでしょう。国王一家が王宮を追いだされ、軟禁されていた離宮からの逃亡にも失敗したあと――国王を支持していた王政派と呼ばれる貴族たちはことごとく処罰を受けたし、そのとき罪を免れた者も、その後の貴族制度の廃止によって財産を没収され、男性は兵役の義務を負って戦場に追いやられたわ。このことを決めたのは共和国議会の皆様であって、『花籠の館』の娘たちではないわよね。それは、ご納得いただけるかしら」

「ええ……もちろん」

「暮らしていた館も財産も没収されて、父も夫も兄弟も、恋人も奪われた娘たちはどう生きていけばよかったとおっしゃるの？　河原で物乞い？　それとも客引き？　そんなふうになってしまった娘たちだって大勢いるというわ――……『花籠の館』で働いているのは、何もかも失くしてしまった元貴族の娘たちで、確かに古い時代の贅沢な雰囲気を味わわせるのが売りだけれど、お客様はみんな平民出身の男性たち。どんどん擦り切れていくドレスを繕うお金も、高級料理の食材を賄うお金もみんな、革命後に豊かになった方たちが出してくださっているの。あなたが、娘たちにどうしてもボロをまとわせたいとおっしゃるなら、フォンティーヌに頼めばそういう趣向も凝らしてくれるわよ。みんな必死で――生きるために必死で、がんばっているだけなんだから」

　ニナはサロンの一員ではないが、何事につけ不器用な娘たちがフォンティーヌやリリアーヌに叱られながら、必死に仕事を覚えようとするさまを見てきているので、彼女たちを侮られるのは悔しい。ぽろぽろ零れてきた涙を手のひらで拭い、俯くと、ややあって長い溜息が聞こえた。

「まさに。あなたのおっしゃるとおり、僕はもの知らずの、考えなしだ。己の狭量さに恥じ入るばかりです」

（あら、ずいぶんと素直）

　薄汚れた娘の説教になど、耳を傾ける価値もないだろうに――暗さに目が慣れてくると、若い男の容貌もぼんやりと見えてきた。髪は暗い色で、癖っ毛だろうか。鼻筋がしっかりしており、ハンサムなのかもしれないが、朴訥な印象のほうが強い。とりあえず悪い人間ではないと決めつけて、ニナも肩の力を抜いた。

「いいのよ。私なんてただの煙突掃除人で、偉そうなことを言える立場じゃないんだから。ただあなたがサロンの娘たちを侮ったりしないで、おいしい食事と時間を楽しんでくださったらいいなと願うだけだわ」

「煙突掃除人ですか？　あなたが？」

「暗くてよく見えないのかしら。そうよ、私は灰だらけの『煙突ちゃん』なの」

ニナは両手を広げてみせる。男物の開襟シャツ一枚の格好で、下は素足のうえに裸足だが、痩せぎすの体に色気のかけらもないのは自覚済みだ。

若い男は手を口元にあてがい、ニナを頭から足の先までまじまじと見てから、首を傾げた。

「そういえば……確か館に到着したとき、女主人がお手伝いに言いつけていたな。『煙突ちゃん』はサロンに近づけるな、とかなんとか。あなたの名前が『煙突ちゃん』なのですか」

「そう呼んでくれても構わないけど」

面白い男だ。『煙突ちゃん』が本名だと思うなんて、朴訥にもほどがある。ニナはくすくす笑いながら、肩に落ちかかってくる髪を掻きあげた。

「名前はニナよ。煙突掃除のニナ。首都のなかならどこにでも出かけていくから、御用があるときはよろしくね、ハンサムさん」

「ニナ。僕はジャンです。ジャン・コルビジエといいます」

「は？」

思わず、変な声が出てしまった。若い男――ジャンが、戸惑った顔をする。さすがに失礼だったと思い、ニナは慌てて咳払いをした。

「ごめんなさいね、聞き違えをしたみたい。確かに今日、サロンに『革命の英雄』がお客様としていらっしゃるとは聞いていたけれど……あなたがその、『英雄』のコルビジエさんではないわよね、まさか」

「英雄などではありませんが、友人のクロードに引きずられてきた客のジャン・コルビジエは僕ですよ。ジャンという名の知り合いは僕にも大勢いますが、コルビジエはほかに知らないなあ」

「あなたがジャン・コルビジエなの？　本物の？」

「偽名ではないので、そうなりますね」

「革命のとき、十三歳だった……って、さっき言ったわね、確かに。でも、並みいる騎兵隊を打ち倒して国王のもとに攻め入ったの？　あなたが？」

「誰がそんなことを言いだしたんですか。まだ子供で身軽だったので、王宮の柵を乗り越えて内側から門を開いただけですよ」

「義勇軍では、誰も勝てなかったエルガードの大軍に少数精鋭で立ち向かって、ついに大勝利をあげたんでしょう？」

「真っ向勝負では勝ち目がないので、こそこそと奇襲をくり返しているうちに相手が音を上げてくれただけです。革命の経緯には詳しいのに、どうして僕に関してはそんなホラ話ばかり覚えているんですか」

　それは、革命に関しては行動の注意喚起も兼ねてラザール親方に教えられてきたが、

『革命の英雄』についての情報源は手回しオルガンの大道芸人だからだ。王子や姫の出てくる物語を披露できないなかで、子供たちが唯一目をきらめかせて聞き入る英雄の話が、だいぶ事実を脚色したホラ話だったとは。

「でも、まあ、地味な事実よりは面白いホラ話のほうが聞きがいがあるものね、うん」

「盛られるほうはたまったものじゃありませんが……ところで、ニナ。だいぶ暗くなってしまいましたが、あなたもこれから館に戻るのですか？」

「私は庭の片隅の小屋に住まわせてもらっているだけで、『花籠の館』とは無関係よ。確かにだいぶ暗くなったから、足元が危ないわね。ついていらして、近道を教えてあげる」

「一人で戻れないわけではないのですが……」

さっさと先に立って歩きだしたニナを追って、ジャン・コルビジエが小走りについてきた。そう広くもない庭園だが、散策を楽しませるために道の順路は迷路のように複雑だ。

とはいえニナにとっては慣れた道なので、迷わず館への最短距離を選んで進んでいく。

「ほら、もうすぐそこ」

目の前に現れた、建物の灯り（あか）を指さしたとき。

ぽうっと、庭に灯（ともしび）が点った。

夜の散策を楽しむ客のための燈籠（とうろう）に、エリーゼが火を入れてまわっている。与えられた仕事に集中するあまり、ニナたちには気づいていないようだった。

これ以上サロンのある建物に近づいたら、フォンティーヌに叱られてしまう。

それにニナは裸足だし、シャツ一枚の格好だ。

灯りから遠ざかるように身を退き、振り返ると、ジャンがニナを見ていた。

目の色は、黒よりは淡い、栗色だろうか。瞳が大きいのか、灯りが映るときらきらした光を宿しているようで、少年っぽくも見える。

「コルビジエさん？」

ニナが首を傾げると、彼の目に映ったニナの姿も傾いたのがわかった。

「どうかなさったの？」

「ああ、いえ、あの……あなたが眩しくて、まるで……妖精のようだと」

思いがけない発言に目を丸くしたあと、つい噴きだしてしまった。

「私が？　妖精さん、ねえ――『煙突の妖精さん』にだったら私も会いたいけれど、夢のなかでも滅多に会えないのよ。今度もしも会えたら、私もついに妖精さんの仲間入りができたみたいだって報告しておくわ」

「『煙突の妖精さん』ですか？　ニナ、あの、……」

「うん？」

笑いながら立ち去ろうとしていたニナの腕に、ジャンの手が触れた。つかむのをためらっているような、そっとした手つきだ。怖くはなかったが、呼びとめられる理由がなかったのでニナはいぶかる。

「コルビジエさん？」

「あの、あなたは僕……いや、おれ、を」

おれ？　ますます挙動不審だ。ぽかんとしたニナはジャンを見あげるが、彼のほうもどう話を切り出したものかというように、しどろもどろで言葉をつなげずにいる。そうしていると、

「ニナ！　そこにいるの？」

リリアーヌだ。ジャン・コルビジエがはっとして手を離し、一歩退く。近づいてくるリリアーヌと館を見比べ、焦ったようにニナを見おろすと、

「あなたにもう一度会うためには、またここを訪ねればいいのでしょうか」

「『花籠の館』を訪ねていいのは、紹介のあるお客様だけよ。私は普段は仕事に出かけているし――煙突掃除の仕事を頼みたいときは、イシュー通りのラザール親方に言づけてちょうだい。そうしたら、私に届くから」

「イシュー通りですね。覚えました」

ジャンはきっぱり言い、兵隊出身らしい足取りで回れ右をすると、リリアーヌに目礼して足早に館へ入っていった。

リリアーヌは食事用の盆に、スープとパンの皿と、ニナの財布を載せている。不思議そ

うにジャンを見送っていたが、ニナが近づくと、声を潜めて訊ねてきた。

「なに、あれ。もしかしてジャン・コルビジエじゃないの？　あいつ、あなたに近づいてきたわけっ？」

　お客様に対してあいつとは、リリアーヌらしくもない。ニナはなにもなかったことを証明するように、両手を広げてみせた。

「サロンの空気に怖気づいちゃって、庭に逃げてきたらしいわ。女の子たちは取って食ったりしないって教えてあげたから、ちゃんと戻るんじゃないかしら。私はたまたま小屋に戻るつもりだったところに、出くわしたのよ」

「あなたを知っていたわけじゃないのね？」

「あの人の家の煙突を掃除したことはないわよ」

「ならいいけど」

　リリアーヌは緊張が解けたように、深く溜息をついた。

「『革命の英雄』様がご不浄に行くと言ったままいなくなったので、さっきから館じゅう大捜索で大騒ぎよ。彼を連れていらしたクロード様が恐縮しちゃって、かえってお気の毒なくらいだわ。それで人騒がせな『英雄』様は、『煙突ちゃん』にサロンのいろはを教わったわけ？」

「オルガン芸人が披露している英雄譚はほとんどホラ話なんですって。本人は地味だけど謙虚そうで、いい人みたいよ」

「……まさか、口説かれたりしなかったわよね？」

「『煙突ちゃん』を？　まさかでしょ。ただ、煙突掃除の依頼はしたそうだったから、ラザール親方の連絡先を教えてあげたわ」

「それこそ、危険だわ。親方に任せておけば大丈夫だろうけれど、万が一あいつから依頼があっても断りなさいよ」

「いい人そうだったのに」

「どんな奴でもよ。ジャン・コルビジエは義勇軍の肝いりで、共和国議会の顧問になるために首都に戻ってきたっていうんだから。議会の連中に下手に関わったら、いつ査問会に目をつけられて政治犯に仕立て上げられるかわからないわ。だから二度とジャン・コルビジエに関わってはだめよ、わかった？」

「はあい」

　リリアーヌの心配を大袈裟だと思うものの、心配になる理由もわかる。十年前に国王と王妃を処刑したあと、議会を掌握した王政反対派は、元貴族ばかりか彼らに批判的な意見を述べただけの者でも裁判にかけ、王政派の汚名をきせて処罰してきたのだから。平穏な暮らしを求める市民にとって議会はもはや、近づくのも危険な場所だ。

（それでも、コルビジエさんは悪い人ではなさそうだったけど）

ニナを妖精のようだと言ってくれたし——何より、大きな手が、温かかった。まだ覚えている温もりを忘れないように、ニナはジャンが触れた腕のあとにそっと手を重ねた。

＊

ニナは毎日、夜明けより少し前に『花籠の館』を出る。あまり早い時間帯だと真っ暗で不用心だし、曙になると泊まり客の見送りとかちあうので、夜が明けきる前くらいがちょうどよかった。ブルー川を渡って北区に入り、複雑な小路を通り抜けた先がイシュー通りだ。ラザール親方の家は六番地。

狭い石段を下りて辿りつく街路は、朝靄にけぶっていた。ニナの先輩にあたる煙突掃除人たちは酒好きの男が多く、日が高くなるまで起きてこないのだが、ラザール親方だけは別だ。井戸を目印に近づいていくと、筋骨隆々とした上半身を惜しげもなくさらした金髪の男が、今日も今日とて体操をしている。

白髪交じりの金髪に、褐色の肌。肩幅広くたくましい壮年のこの男が、ニナの恩人であり煙突掃除の師匠、ラザールだった。

「親方、おはようございます」

ニナが近づいていってもラザールは彼考案の体操の動きを止めることなく、素っ気なく命令した。

「おまえもやれ」

「はーい」

毎朝のことなので、ニナも迷わず親方に並び、同じ体操をはじめる。両腕を伸ばして深呼吸したり、背筋を反らしてみたり。手を抜くとどやされるので大真面目にやるのだが、単純な動きのようでいて、それなりに汗をかくくらいの運動だ。

煙突掃除は体が資本。ラザール親方の信条である。狭い煙突のなかでは不自然な体勢をとらなくてはならないため、ことあるごとにきちんと骨と筋を伸ばすようにしなければ、体が曲がってしまうと、弟子になったばかりのころから指導されてきた。

（おかげでよその煙突掃除の子に比べても私は、膝と腰が曲がらずに済んだのよね……背は伸びなかったけれど）

十年前、親方に拾われたころからほとんど成長していないというのは、煙突掃除人として喜ぶべきなのか、一人の娘として嘆くべきなのか。

「深呼吸も、よくしろ。深く吐いて、胸にたまった煤を吐きだすんだ」

ラザールが不愛想に注意する。ニナは素直に頷いて、音が出るくらいに大きく息を吸って、吐いた。

ニナが毎朝、親方のもとを訪れるのは、前日の稼ぎの一部を渡すためだが、もう一つ理由がある。深呼吸のあと、肩をまわす運動をしながら、さりげなく言った。

「オーブリオ通りの雑貨屋、ピエールの奥方が、旦那さんの留守に恋人を連れこんでいました」

「相手は」

「共和国議会の秘書らしいです。奥方は、邪魔な旦那を片付けるために査問会が力を貸してくれたらいいのにって、恋人に囁いていましたよ」

「他には？」

「二番街の花屋に新しく勤めはじめた娘がいるんですが……」

毎日、煙突掃除の最中に見聞きした情報を、事細かく正確にラザールに報告する。これがニナの役目だった。査問会のように政治犯を捕まえるために情報を探るのではなくて、あくまで事実を伝えるだけだ。ラザール親方は趣味の情報屋で、ニナや他の煙突掃除人から大量の噂話を集めて精査するのが生きがいらしい。

（図体が大きくて煙突に入れなくなっちゃったから、他に楽しみがないっていうけど。体は頑丈なんだし年齢だってまだ四十歳くらい？　なんだから、もっとあちこち出かけられる仕事をはじめたらいいのにね）

余計なお世話なので、口に出したりはしないが。

「あとこれは、情報っていうわけじゃないんですけど。館のエリーゼの元気がなくて」

「新入りか。コルデ子爵の遺児だったな。なにがあった？」

「なんでもないって本人は言っていました。昨日、『花籠の館』に査問会の査察が入ったから、怯えちゃっただけなのかも」

　エリーゼの兄は戦場で亡くなったとはいえ、元貴族出身者にとって査問会の存在は悪夢のようなものだ。もし、彼らの目的が自分だったら……と考えてしまったら、それは怖くて当然だろう。

「査問会の査察――か。把握していなかったが、なんの用だったんだ？」

「いつものやつです。魚に食べられちゃった王女の捜索」

「なるほど」

「十年も前に魚に食べられた髪の毛が見つかって、衣装も見つかって、おまけにどこかで助けられたっていう噂さえないのに、いったい何を見つけたがっているんでしょうね」

「おまえには想像もつかないくらい、王女の身柄には価値があるということだ」

「自由と平等の国なんですから、きっといまの私の価値とあんまり変わりませんよ」

　ニナは冗談を言って、くすくす笑う。

　親方が先に井戸を使い、桶の水を頭からかぶって、顔と体の汗を豪快に洗い流した。

「そろそろいい歳なんですから。気をつけなきゃ心臓がびっくりしますよ」

「弟子に心配されるほど老いたつもりはない。おまえこそ、そろそろいい年頃なのだから、身の回りの男には気をつけるべきだな」

男、とは？　『花籠の館』に、客以外の男はいない。煙突掃除の依頼人もほとんどが女性ばかりなので、最近会った男の顔を思いだそうとしていると、ラザールが先に答えを言った。

「ジャン・コルビジエが、さっきここに来たぞ」

「ジャン……ああ、昨夜……って、さっき？　いま夜が明けたばかりですよっ？」

ジャン・コルビジエは昨夜、食事だけして『花籠の館』を辞したそうだが、それでも帰ったのはだいぶ夜が更けてからだ。彼がどこに住んでいるのか知らないが、ほぼ夜明けと同時にここに到着したニナより早くというなら、それはまだ真っ暗な時分ではないか。

「いったいどうしてまた……暗いうちの散歩が趣味なんでしょうか」

「イシュー通りの場所がよくわからなかったので、早めに家を出たそうだ。今日から議会の挨拶回りなので、そちらを遅刻するわけにはいかなかったらしい」

「生真面目な人ですねえ。それで、親方になんの用だったんです？」

無邪気に訊くと、ラザールはニナをじろっと睨んだ。

「おまえに教えてもらったと言っていたぞ。ニナに煙突掃除を依頼したければ、イシュー通りのラザールを通せと……やつが議事堂にあてがわれた部屋の暖炉が、火を入れると煙が逆流して燻製（くんせい）になりそうなのだそうだ。だから煙突掃除人を探しているところだったと」

「なるほど、そうだったんですね」

どうりで昨夜、ニナに興味津々だったわけだ。合点がいってすっきりしたニナに、ラザールはあっさりと告げた。

「断った」

「わかりました。じゃあ、早めに議事堂にうかがえば……なんですって？」

「聞こえなかったか。断った、と言ったんだ」

ラザールは、肩幅の広い体には窮屈そうなシャツに袖を通しながら、なんでもないことのように言うが、ニナは納得いかなかった。

「どうしてですか。煙が逆流するなら煙突が詰まっているっていうことで、私たちの出番なのに。こんなに朝早く訪ねてくるくらい、相当困っているんじゃないでしょうか」

「議事堂の煙突なら、議会が予算を出して雇えばいいことだ。ともかくジャン・コルビジエの依頼は断った。おまえが俺の弟子である以上、俺の指示には従え」

「わかりましたけど……」

そういえば昨夜リリアーヌにも、ジャン・コルビジエに近づくのは危険だからやめておけと、釘を刺されたのだった。ニナは自分も顔を洗い、ついでに親方のお茶を沸かすための水を汲みながら、ぶつぶつと呟く。

「コルビジエさん本人は十年もカザリンから遠ざかっていたし、いい人そうだったのに、いろいろと面倒臭いんですねえ」

「ジャン・コルビジエに関しておまえにその程度の認識しかないのなら、念のために教えておいてやるが、あいつは義勇軍に入るまでずっと、ロジャースの手下として働いていたやつだ」

「ロジャースって、あのロジャースですか？」

名前を口にするのもおぞましい、共和国議会の議長だ。もとは徴税役人だったが、革命の折に名をあげて中心人物として活躍し、国王を支持していた王政派と、あくまで議会の発言権を強めるのが目的だった議会推進派を政敵として一掃したあとは、王政反対派を率いて議会を独裁、身分制度の廃止、貴族の財産没収、兵役の義務付けとさまざまな政策を成し遂げた……『花籠の館』の娘たちの仇敵だ。

しかも以前、館の娘を一人、身の回りの世話をさせるために貸しだすようにとフォンテイーヌに頼んできたことがあり、断れるわけもなく、一番家事ができて物分かりのよかったポレーヌという元男爵令嬢がロジャースの屋敷へ送られたのだが、

「かわいそうなポレーヌは、たった半年であいつにいじめ殺されたんですよ？　病死だっていうけれど、あんなに体が丈夫だったのに、嘘に決まっています。ジャン・コルビジエがロジャースの手下だっていうんなら、私は一生あいつに近づきません！」

「その意気だ。議会だ議事堂だなんていうものとは、関わらんほうがいいに決まっている。

それが、自分を守る賢い方法だ――昨夜の残り物だが、シチューでも食っていくか？」

ラザールにぽんと頭に手を置かれて、ニナは大いに頷いた。親方は煙突に入り続けるためにはあまり食べないようにしろとは言うものの、少量ながら食べさせてくれる料理はうまくて、絶品なのだ。

第二章　『革命の英雄』ジャン・コルビジエ

ニナはその日の午前中いっぱい、いつも通りの仕事をして過ごした。

昨日、帰りがけに目をつけておいた住宅はやはりかまどの焦(こ)げ臭さが気になっていたそうで、ニナが下からのブラシでは届かない接続部分の煤(すす)を掻(か)きだしてお目にかけると、手を叩いて感謝して、報酬(ほうしゅう)にお菓子もおまけしてくれた。

たいていの煙突掃除人は仕事のできるなわばりの範囲が決まっているものだが、ニナはラザール親方の顔が広いおかげで、あちこちふらふらと出張して歩くことができる。なので、たまには遠出して、修道院やお屋敷の多い東区のあたりを見回ってみようかと思わないでもなかったのだが……。

「……うーん」

ブルー川沿いを東に向かって歩きつつも、視線は川向こうの議事堂に惹(ひ)きつけられていた。

共和国議事堂――旧クロノス王国王宮。つまりかつて国王がいた城だ。

十二年前、革命のはじまりとなった行進の際は、いまニナが立っている橋まで怒りの声をあげる市民で埋め尽くされたという。いまは、行きかう人もまばらだ。

旧王宮の内部は議事堂として使われているため一般人の立ち入りはできないが、庭園の見学は自由らしい。とはいえ、リリアーヌやラザールの言う通り、いまや一般の市民にとっては議事堂そのものが恐怖の対象になりかけているため、気軽に散歩しようという人も少ないのかもしれない。

（革命の前と後で……確かにそれまで特権階級だった人たちは市民以下の立場まで引きずり降ろされたけれど、その代わりに成りあがってお金持ちになったのも、ほんの一握りの商売上手な人たちだったりするのよね。それでも革命前の市民は、その日の食べるものにも事欠く暮らしを送っていたそうだから、今はそのころよりはよっぽどましで、彼らが目指したものは間違いじゃなかったのかもしれない。ロジャースは許せないけれど……）

ジャン・コルビジエはほんとうにロジャースの手下で、ロジャースと同じような冷血人間なのだろうか？

かわいそうなポレーヌを思いだしてジャンを憎もうとすると、ほんのりとした腕の温もりを思いだして、迷いが生まれた。

（でも、親方の言いつけは守らなきゃ、だわ。コルビジエさんの依頼は断ったっていうんだから、私にお呼びがかかることも、もうないだろうし）

忘れて、通り過ぎるのが賢明だ。午前中に集めた煤入りのバケツを持ちあげて、テントと梯子を担ぎ、ぽてぽてと東を目指して歩きだしたとき、

……ニナっ？

誰かに呼びとめられたような気がした。『花籠の館』の誰かだろうか。ニナは共和国通り側を振り返ったのだが、駆けつけてくる足音は、橋の向こう——議事堂のほうからやってきたのだった。

「ニナ！　待ってください、あの……あなたですよね？」

橋を渡る人たちが、何事かとこちらを見ている。ニナは煙突掃除人の仕事の途中であり、当然ながら手も顔も煤だらけだ。ジャンの格好は昨夜と同じ、ツイードの上着とズボン。上着は濃淡のある茶色の柄つきで、ズボンは灰色だ。しかし、昨夜はもっと濃い色に見えた髪が、ニナに似た灰色一色に染まっているのはどういうわけだろう。

「ごきげんよう……コルビジエさん」

親方とリリアーヌの注意を思いだしつつ、慎重に答える。

「昨夜は、『花籠の館』の料理を楽しめたかしら。お元気そうでなによりだわ、では、ごきげんよう」

「あの、ニナ」

無視しようか、どうしようか。三歩進むところまで堪えたものの、背にちくちくと突き

刺さるジャンの縋(すが)るような視線を、どうしても無視しきれなかった。覚悟を決めて、振り返る。

「なんでしょうか、コルビジエさん」

「僕は、その……バルコニーからあなたらしき姿を見つけたもので、急いで走ってここまで来たのですが。あなたは、見たところ煙突掃除の仕事中なのでしょう？　少しでいいので、僕に掃除のアドバイスをくれませんか。朝、あなたのところの親方に断られたから、さっき自分で掃除してみようとしたんですが……箒(ほうき)を少し突っ込んだだけで上から灰が降ってきて、あっというまにこのありさまです」

ジャンは恥ずかしそうに顔をしかめながら、上着の袖(そで)や胸元を叩いてみせる。白い灰が舞い上がったが、ひょっとすると、自分の頭までも真っ白だとは気づいていないのか。

（面白い人ねえ。どじで、子供みたい）

「服だけじゃないわ。髪の毛も、おじいさんみたいに白くなっているわよ」

「ええっ？　そうだったんですか？　うわ……ほんとだ」

素直に下を向いてわしわしと髪の毛をかき混ぜると、面白いくらいに灰が振り落とされて足元に積もっていく。代わりに現れたもとの髪の色は濃い茶色で、鳥の巣のような癖っ毛だ。

（ブラシを貸してあげたくなっちゃう）

思うだけでやめておいて、ニナはにっこりとジャンを見あげた。

「だいぶましになったわ、ハンサムさん。煙突掃除のこつは、下から掃除するときは上から降ってくる煤と灰をいかにまともにかぶらないようにするか、よ。鼻と口は布で覆って、目もしっかり閉じておくこと。うっかり灰が目に入ると、私みたいな真っ赤っかの白目になっちゃうんだから」

指先で下瞼を押し下げて、目のなかがよく見えるようにしてやる。ニナの目の虹彩は淡い紫色だが、白目はあちこち充血していてまだら色だ。一般人であるジャンは気持ち悪がっても当然なのに、ニナを見おろす視線を心配そうに揺らがせたかと思うと、昨夜と同じ大きな手で、指ごと頬を包みこんできた。

「……ちゃんと、医者には診せているのですか？」

なにを言われているのか一瞬わからず、どぎまぎした。

「医者って、目のこと？　なら、痛くも痒くもないし、煙突掃除人には職業病みたいなものだし……親方に言われて、こまめに洗うようにしているから、平気よ。なんともないわ」

「でも一度くらいは」

「平気だったら！」

ジャンと話していると調子がくるう。煙突掃除人は幸福の象徴と呼ばれることもあるが、近づいてみれば煤だらけで真っ黒だし煙臭いしで、わざわざ構おうなんて思うのはいたずら好きの子供くらいなのに。こんなふうに気安く触れたりしたら、手に煤がついてしまうのに。

（ほら、やっぱり）

ジャンは、ニナが離れてしまったので宙に取り残された手のひらをじっと見つめている。遠慮して拭いたりできずにいるかもしれないので、ニナは自分から言った。

「どこかに触る前に、洗うか拭くかしたほうがいいですよ。煤って、服についちゃうとなかなか取れないんですから」

「え？　ああ、煤なんて……さっき頭から浴びましたから、今さらですよ」

まったく忠告を聞かずに腕組みをして、肩をそびやかす。

（私は忠告はしたからね）

茶色の濃淡の上着の一部が、より黒っぽくなったところでもう知るものか。

ニナは呆(あき)れてそっぽを向いた。ブルー川の川面(かわも)が真昼の光を反射してきらめいている。どこかで鳥のさえずりが聞こえた。見あげると、小さな渡り鳥が群れをなして青い空を横切っていく。

（……ああ、もうっ）

思い悩むのは苦手だし、時間の無駄だ。ニナは大きく溜息をついてから、改めてジャンを見あげた。

「あなたを手伝ってあげたいけれど、親方にも館の子にも、議会に深く関わるのは危ないって注意されているのよ。それにあなたは……その、共和国議会の議長様の……手下、なのでしょ？　それだったら私よりももっと優秀な掃除人を、いくらでも雇ってもらえると思うの」

「僕は十年間首都を離れていたので、議会が市民にとってどういう存在になっているのか、これから知ろうと思っていますが」

ジャンは努めて穏やかさを保とうとしているように見えたが、徐々に眉間に皺が寄り、言葉が刺々しくなり、最後は吐き捨てるように言った。

「共和国議会の議長の――それはピエール・ロジャースのことでしょうが……あいつの手下などとは思われたくない。誰に吹きこまれたのか知らないが、その認識だけは改めてください」

（怒ってる？）

かなり、本気の怒りだ。ニナは戸惑いつつも、ラザール親方が嘘を言うとは信じられなかったので、

「でも、革命のときはロジャースに協力していたのでしょう？」

「それは……認めます。当時、僕は十三歳のガキで、ロジャースの語る『自由と平等』の思想にかぶれていた。だから『王宮への行進』のときもあいつの指示通りに動いたし、便

利で有能な『革命の英雄』にまつりあげられてからも身を粉にして働きましたよ。まだ子供だっていう立場を利用して、王政派と議会推進派の内情を探るために」

　革命前のクロノス王国にも議会はあったが、構成するのは貴族か一定額以上の税金を納めた者だけで、それすら王の政治に意見する程度の影響力しかなかった。ところが、数年にわたって天候不順が続いたことによる食糧事情の悪化に加え、豊かな農地を求めて周辺国に戦をしかけたせいで戦費がかさみ、さらなる税を課したことで国民の負担は増すばかり。議会のなかでも対立が起こり、特に市民出身の者は、そもそも王の政治をやめさせるべきだという考えを強めて派閥を形成し、城下でも市民たちを煽って、王政反対のデモを頻繁にくり返すようになった。

　それを……止めようとした国王側が、下手をうったのだ。議会の大多数はあくまで国王を尊重する貴族たちだったのだから、彼らを信頼しておけばよかったのに、外国出身の王妃が彼女の祖国であるエルガードに密書を送り、クロノス王国に兵を送るようにとそそのかした。戦争を起こそうとしたのである。

　自分たちに逆らう勢力を、外国の兵によって叩き潰そうとする王妃の目論見は、王宮内に密かに増えていた王政反対派の召し使いの手によって密書が盗まれたことで公になった。デモに集まった市民の『エルガード女を王宮から引きずり出せ！』という怒りが頂点に達したとき、ついに王宮を目指す行進がはじまったのだという。

　そのときデモを煽動する立場にいたのがロジャースで、単なる徴税役人にすぎなかった彼を有名にしたのが『自由と平等』の演説だ。この世に生まれ落ちたとき、人間はみんな裸で同じものなのに、そこに地位を押しつけるから人は不自由になっていく。この世には王も貴族も平民もあるべきではなく、みなが自由な人間として平等な機会を分かち合ってこそ、人はあるべき姿で生きられるのだ――……という。ニナは目の前でその演説を聞いたわけではないし、現状、いきなり地位を奪われた貴族の娘たちが苦労している姿を見てきているため、いまさら感銘を受けたりはしないのだが、当時少年だったジャン・コルビジエがただロジャースの言葉に感動して彼のもとで働きはじめたというなら、それはそれで責めることはできないと思う。

「……でもいまは、ロジャースの味方ではないわけなのね？」

「あいつとは十年前に、完全に袂を分かちました。議会がいまだにあんなやつを議長に据え置いているのが信じられないが、それはそれで市民の選択なのだから仕方ないのでしょう。ただ、あいつのもとにある査問会が義勇軍で活躍する元貴族の将校をのべつまくなしに呼びつけて投獄したり、あろうことか処刑したりするものだから、兵士たちの士気は下がるいっぽうでエルガードに亡命したがる者も後を絶ちません。どうにかしなけりゃならないんだ、ほんとうに」

　最後は自分に言い聞かせるように呟いて、栗色の目にも影が落ちている。ニナがじっと見ているのに気づくと、ようやく我に返ったらしく、気弱そうに笑った。

「と、いうわけなので、議長に頼んで掃除人を雇ってもらうなんていう真似は論外なんですよ」

「事情はわかったけれど、一つ忠告しておくわ。ロジャースの悪口や批判を、金輪際口に出したり、人に話したりしちゃだめよ。査問会の連中がどこで目を光らせているのかわからないんだから、気をつけて」

「自由な発言もできない『自由の国』か。すばらしいものですね」

「拗ねないの。ちゃんと忠告を守れるいい子の暖炉には、有能な煙突掃除人が現れて煙突をきれいにしてくれるんだから」

「……つまり？　あの、あまり期待してがっかりしたくはないので、はっきり教えてほしいのですが。その有能な煙突掃除人というのは、ニナという名前の女性ですか」

「『煙突ちゃん』っていうあだ名の、ここにいる娘よ」

ニナが自分を指さして言うと、ジャンの表情がみるみるうちに明るく変わった。

＊

議事堂の門は開いていた。門の左右に立っている衛兵は、ジャンを見るなり直立不動で敬礼をしてみせたが、彼について歩く小汚い煙突掃除人をどう思ったのやら。

外門から議事堂の建物までは、石畳の広場になっていた。ところどころに馬車が停まっていたり、議員らしき男性たちが立ち話をしているものの、全体的には広いばかりで寂しい場所だ。

（昔はどんなだったのかしらね。ここが王宮だった頃は……リリアーヌやエリーゼみたいなきれいなご令嬢が着飾って歩いていたりして……飾りのたくさんついた馬車が広場を埋め尽くして、銀色の制服の儀仗兵が整列して、交替のたびに見事な儀仗を披露して）

目をつむると、兵士たちの足音まで聞こえてくる気がする。ニナは……バルコニーから広場を見おろし、交替の儀式を眺めるのが好きだった。彼らが儀式のあいだは瞬きも許されないのだと聞いて、それがほんとうかどうか確かめるために、弟と二人してじっと目を凝らしては、自分たちのほうが瞬きしてしまって、大笑いしたものだ。

「ニナ？」

呼びかけられて、薄目を開く。いま自分がどこにいるのか、一瞬理解できなかった。

隣を見ると、ツイードの上着を着たジャン・コルビジエがニナを見おろしている。優しげではあるのだが、どこか不安そうな面持ちの意味がわからなくて、ニナは笑顔を返した。

「どうしたの、コルビジエさん」

「やけににこにこしていて、楽しそうだったので。……議事堂の広場に、楽しい思い出でもありましたか」

「思い出……」

　さっき、瞼の裏に蘇った風景はいつのものだったろうか。頭のなかを探っても、霞がかかったように思いだせず、首を横に振った。

「ないと思うわ。だって私、親方に拾われてからずっと仕事ばかりだったし、親方は議会に関わるとロクなことがないからって、議事堂周りには近づこうとしないし」

　だからジャン・コルビジエの依頼を即行で断り、ニナにも関わるなと釘を刺していたのだ。ラザール親方の指示に逆らうのは気が重かったが、親方のほうもロジャースに関することでジャンの人柄を誤解していたわけだから、あとで説明すればわかってくれるのではないかと思う。

「言っておくけれどね、コルビジエさん。私が引き受けるのは、あなたの部屋の煙突掃除だけですから。議事堂全体をどうにかしてくれなんて言うのはなしよ」

「もちろん、他の連中にあなたを紹介するつもりなんて、さらさらありませんよ。あくまで今回の件は、僕個人があなたに頼むことです」

「そうしてもらえると助かるわ。私、これまで親方の言いつけに背いたことなんて、一度もないの。自分勝手になにかすると失敗するんじゃないかって、どきどきしちゃうから」

「あなたはずいぶんあの親方を信頼しているんですね。あの、失礼かもしれませんが……

あの方とは、親子、ではないのでしょう?」

「たぶん、違うでしょ。親方に奥さんはいたことがないっていうし、私と親方って全然似ていないもの」

「たぶん、とは——……」

ニナは立ちどまった。議事堂はすぐ目の前だ。磨き石の階段をのぼれば、もう建物のなか。

正面出入り口から出てきた議員たちが、ジャン・コルビジエと向かい合った煙突掃除人をじろじろ見てくる。早く移動はしたいが、仕事に取りかかる前に、これだけは言っておかなくてはならない。

「あなたがもしも、掃除のあいだじゅう私をあれこれ質問攻めにするつもりなら、もうお仕事は受けないわよ。私はあなたの暖炉が煙を噴くっていうから手を貸してさしあげたいのであって、お友達になりに来たわけではありませんからね」

ジャン・コルビジエが絶句している。いきなりの強い態度に戸惑っているのかもしれないが、ニナのほうも、過去を細かく詮索(せんさく)されるのはごめんだった。

「ニ……」

ジャンが呼びかけ、迷ったようにニナのほうへ手をのばしかけたとき、

「やあ、ジャン・コルビジエ!」

闊達な若者の声が、階段の上から降ってきた。ジャンははっとして、とっさにニナを隠すように背に庇う。ニナの体格は小さくても、仕事道具のブラシやバケツがはみ出して見えてしまうだろうが……それでも一応厚意に甘えつつ、ジャンの腕の陰からこっそりうかがってみると、階段を駆け下りてくるのはニナも見知っている若い議員だった。名前はシャルル・クロードといい、酒に弱くてお喋りだが、人柄は悪くないと娘たちに気に入られている、『花籠の館』の常連客だ。

（そういえば。昨日コルビジエさんを紹介したのもクロード議員だったわね）

二人は仲良しなのだろうか。クロードのほうはニナなどそもそも眼中にないらしく、ジャンの前に立つなりぺらぺらとまくしたてはじめた。

「勝手に部屋を空けてどこへ出かけていたんだ？　こっちは出勤初日できみがさぞ不安がっているだろうと思い、いろいろ教えてやるつもりで支度していたのに。勝手に歩きまわられては困るじゃないか」

「午前いっぱいかけて挨拶回りは終えたし、いまは休憩の時間だ。これから戻って、まずはあの部屋を片付けなきゃはじまらないだろう」

「『英雄』様が片付け？　やめとけやめとけ、部屋なんてもんは雨風がしのげて座る場所が確保できてりゃ十分だ。それよりロジャース議長が午前中、おまえが挨拶に来たとき留守だったのを気にして、捜してくださっていたんだぞ」

「ロジャースさんが？」

ジャンの背が引きつる。ニナもびくっとした。明るく話し続けるクロード議員の後ろから、氷のような凍てつく気配がゆっくりと降りてきて、三人より一段高いところで立ちどまる。

「ジャン・コルビジエ」

女のような、甲高い声だった。けれど響きに優しさはなく、癇の強さといやらしさが滲みだしている。ぎゅっと目をつむったニナの脳裏に、いつか昔に聞いた似たような声の記憶が蘇った。

——国王陛下、王妃陛下、並びに王子王女殿下……この離宮に不自由がございましたら、なんなりとお申しつけください……私どもとて王国の民、国王ご一家への親愛の念は貴族たちとなんら変わりありませぬ……。

（吐きそう）

瞼の裏がちかちかする。こちらに背を向けているジャンは、ニナの様子に気づかないいま、その男と——共和国議会議長、ピエール・ロジャースと向きあっていた。

「お久しぶりです。ご無沙汰しております、ロジャースさん」

「おお……やはりジャンか、我らが『革命の英雄』。すっかり背が伸びて、昔とはまるで別人だな。久しぶりの首都で、勝手がわからないことも多いのではないかね？」

「そうですね、だいぶ雰囲気が変わりました。昨日クロード議員に観光がてらあちこち案内していただいたので、なんとか自分の家の場所は思いだしましたが」

「十年のあいだに靴屋のご両親も亡くなられたのだったな。お悔やみ申しあげる……ところでジャン――コルビジエ特別顧問。きみのために用意した部屋には入ってみたのかね？ 先ほど訪ねてみたところ留守だったので、もしかしたら気に入らなかったのではないかと心配していたのだが」

「とんでもない。おれ……僕のような議員でもない青二才に議事堂の一室を与えていただけるだけでも、光栄の極みです」

「ふん、謙虚でよい心がけだ。せいぜいしばらくは部屋の片付けに勤しんで、議事に加わるのは急がなくとも――……その、後ろのものは？」

　つるつるした顎を撫でながらジャンを見おろしていたロジャースが、『英雄』の後ろで小さくなっている黒いものに気づいたらしい。ジャンが振り返りそうになった動きを止め、

「これは」と口ごもる。

　ロジャースの代わりに背後を覗きこみ、さわやかに答えたのはクロードだった。

「もしかして、煙突掃除人じゃないか？ 昨夜『花籠の館』でも、しきりに娘たちに煙突掃除人について訊ねていたものなあ。自分で見つけて連れてきたのか？ だが議事堂内は、許可のない者の立ち入りは禁止だぞ」

「……そうなのか？」

「決まっているじゃないか、我らが共和国国家の中枢だぞ。警備は厳重にしなければ――」

とはいえ、ロジャース議長。こいつも気の毒で、昨日、議事堂内の部屋の暖炉に火を入れて暖まろうとしたとたんに煙がもうもうと噴きだして、せっかく仕立てたばかりの服を燻製にしちまったんです。満を持して連れていった『花籠の館』でも話すのは煙突掃除のことばかりで、娘たちの白けぶりったらありゃしない。慣れない首都を捜しまわって掃除人を連れてきたっていうなら、こいつの部屋の暖炉だけでもきれいにさせてやっちゃいただけないですかね」

「クロード議員がそうまで言うのなら、許可を出すのにやぶさかではないが」

ロジャースは淡々と言い、冷ややかな視線をニナにくれた。ニナは体の震えが止められない。帽子を目深にかぶりなおし、背中を小さく丸めるのが精一杯だ。

「まだ子供か。名前は？　普段はどこで仕事をしている？」

口を利きたくない。でも、答えないわけにはいかず、ニナは小さな声で答えた。

「ニナ、です。イシュー通りの親方のところで、仕事を貰っています」

「女か。親方の名は」

「……ラザールです」

嘘をつこうかと考えたけれど、ばれたら通り全体に迷惑をかけてしまう。

「帽子をとって、顔を見せてみろ」

「ニナ、いい」

　ジャンが小さな声で、ニナを制しようとした。ロジャースの指示に従う必要などないと……本気で言っているのだろうか？　いまこの国でロジャースの機嫌を損ねたら、あっというまに政治犯扱いされてしまうというのに。

（やっぱり、リリアーヌと親方の言うことを聞いておけばよかった）

　いくらいい人であろうと、ジャンは世間知らずのもの知らずだ。ニナはそっと俯いて帽子を取り、ロジャースに顔をあげてみせる。

　一つにくくった灰色の髪が、重たい音をたてて背中側に垂れた。午前中に何軒か仕事をしたあと顔も洗っていないので、頬は褐色で煤だらけだし、白目は充血していてまだらに赤い。ニナの顔を覗きこんだクロードが、「汚ねえ」と素直な感想をくれた。まったく正直でいいことだ。

（いいわよ。これが私の姿。煙突掃除人として、恥じるところなんてないんだから）

　議事堂を追いだされたところで痛くもかゆくもない。

　これまで胸糞が悪くてロジャースの姿を真っ向から見たことはなかったのだが、あちらがこちらを見ているのだから、見返さないわけにはいかない。一段高いところから降りてこないのは、ジャンよりも背が低いせいだろう。蛇の腹のように生白い肌、痩せた頬。髪は銀髪だが、もとは焦げ茶色だったはずなので、おそらく白髪だ。水たまりに張った氷のような淡い色の目が、ニナの顔に据えられたまま動かない。さすがに耐えられなくなったニナは、「旦那様」と掠れた声を出した。

「ジャン・コルビジエさんに頼まれて掃除を引き受けましたが、そもそも建物のなかに入っちゃいけないっていうんなら、私はここでおいとまさせていただきます。仕事はよそにもありますので、無理してお邪魔するつもりなんてこれっぽっちもありません」

「謙虚でよい煙突掃除人だな。よかろう、許可を出す」

「へ？」

今さら……帰れと言ってくれるほうが助かるくらいなのに。戸惑うニナを、ロジャースは針のような目を細めて見つめ、満足そうに頷きながら言い足した。

「イシュー通りのラザールのニナ。身元がはっきりしているのなら、安心だ。コルビジエ特別顧問の部屋の煙突掃除が終わったあとは、他の議員のところも見てやるといい」

「……」

「なにしろこの建物は煙突などが多すぎて、管理が行き届かないところも多い。許可を出したからには、あちこち声をかけておくのでしばらくはここの仕事に専念するように。報酬は議会でまとめて支払うように手配しておこう。よいな？」

良いわけないが……逆らえるわけもない。

（私の馬鹿、ばか、バカ――――！）

心のなかで自分を思いきり罵りながら、ニナは深く俯いて頷いた。

＊

「じゃあ、あとで俺の部屋のストーブも見てもらおうかな。一応こまめに煤を落とすようにはしているんだけど、専門家にみてもらったほうが安心だからさ」

「……はい。かしこまりました……」

悪気のないクロードは駄目押しでニナに仕事を頼んだあと、ロジャースの後を追って議事堂のなかに引き返していった。外階段のたもとに取り残されたかたちのジャンとニナはしばらく沈鬱な面持ちのまま押し黙っていたが、まもなくジャンのほうが、死にそうな顔でニナを振り返って口を開く。

「あの、ニナ。……ほんとうに僕の考えなしのせいで、申し訳な……」

「さっさと仕事にとりかかりましょう、コルビジエさん」

ニナは灰色の髪をまとめて帽子のなかに押しこみ、きつくかぶりなおしてジャンを見あげた。

「え？」

「もともと必要だった議長の許可が下りて、あなたの部屋の煙突を掃除できるようになったんだから、万々歳(ばんばんざい)じゃありませんか。あなたがどうしても、この冬じゅう暖炉の煙を浴びて燻製になりたいっていうんならともかく、火事が出そうな煙突の話を聞いて、掃除人として放ってはおけませんから。早くあなたの部屋に案内して。あとの仕事のことなんてそれから考えるわ。さあ、早く」

「は、はい……」

ぐずぐず悩むのは嫌いだし、しでかしてしまった失敗を悔やむのはもっと嫌いだ。頭が重くなるばかりで、ちっともいいことはないのだから。仕事道具一式を担ぎ直し、しょんぼりと丸まっている『英雄』の背中を追いたてて階段をのぼらせると、二人して並んで建物内に入ったところで、ようやくジャンの顔に笑みが戻ってきた。

「たくましいですね、ニナは。僕はどうやったらあなたをこの議事堂から逃がせるのかということを考えはじめていたのに」

「くだらない。考えてみたら私はロジャースが大嫌いだけど政治犯でもなんでもないんだから、びくびくする必要なんてないのよ。場所によって仕事の内容が変わるわけでもないし、だったら平常心でさっさと済ませるほうが得策だって気づいただけ」

「僕も見習うように心がけます。どんなにあいつが腹立たしかろうと、平常心で役目を果たさなければ」

決意をこめて踏みだした絨毯が、湿っぽかった。ここは裏路地かと思うような饐えた臭いが鼻につく。ニナは顔をあげた。

（もと……王宮？　ここが？）

ずいぶん閑散としている。床一面に赤っぽい絨毯が敷き詰められているし、天井に巨大なシャンデリアがぶら下がっているけれど、装飾といえばそれくらいだ。壁に共和国国旗が貼りつけられ、大階段の上には革命軍の旗が掲げられている。階段の手すりは金色っぽく見えるものの、あちこち塗りが剝げているのが遠目にもよくわかった。

（ずいぶんとまあ、みすぼらしくなったものね。『花籠の館』のほうが豪華なくらい）

天井近くに取り残された鹿の頭が、恨めしそうにニナたちを見おろしている。

広さは十分だし、扉も階段もあちこちにあって、まるで迷路のようだ。大階段に向かおうとすると、ちょうど開いた上方の扉からぞろぞろと下りてきた議員たちが、ジャンを見つけて声をかけてきた。

「よお、『英雄』特別顧問じゃないか。昨夜はクロード議員に、『花籠の館』に連れていかれたんだって？　あっちのほうでも英雄になれたか？」

「こんにちは、モラン議員。もちろん英雄はクロード議員だけで、僕はどこでもひよっこですよ」

ジャンも学習したらしく、飛んでくる挨拶をそつなくかわしながらニナを脇に押しやり、人の少ない通路を選んで歩いていく。どこへ連れていくつもりなのか。ニナが抗議の視線を向けると、困ったように声を低めて説明してくれた。

「大階段の上の大広間が、大議事堂として使われているそうです。あとは扉ごとに小議事堂や会議室、食堂など。もともとの部屋数が多いため、貴族が使っていた居室を各議員に割り当てて、議員部屋として使わせているそうですよ」

「じゃああなたに割り当てられた部屋も、もとは貴族のお住まいだったのね」

「そうだったらいくらかましだったのですが」

扉の造りや柱の装飾はもちろん豪奢なようではあるのだが、廊下のあちこちの隅に壊れた家具や食器、果ては生ゴミのようなものまで積みあげられていて、衛生状態は最悪だ。臭いに辟易しているニナの足元を、太ったネズミが足音高く走り抜けていく。

ジャンは、そういうものだと受け入れているらしく、惨状には目もくれないで先に歩いていった。曲線を描く階段をのぼり、上階に入ると、汚れは少しましになる。壁にいくつか肖像画が取り残されていたが、顔の部分がことごとく泥かなにかで汚されていて、誰を描いたものかわからない有様だった。

「貴族の居室の並ぶ棟は、正式に選ばれた議員しか使えない決まりだというんです。僕は義勇軍からの推薦で議事に加えてもらえるだけの特別顧問というかたちですから、議事堂に近いこちらの部屋を使うようにということで、ここに」

ジャンが立ちどまった。ニナはうっかり、彼の背にぶつかりそうになる。帽子を押さえながら見あげると、ジャンが鍵を挿している扉はまるで壁一面が開きそうなほど大きく、金色に塗られていて、レリーフも凝っていた。

（狼に羊に牧人に、それから……）

ニナがすべての装飾を辿り終える前に鍵の外れる音が響き、ジャンが扉を引く。

「まだ私物は何も置いていませんが。どうぞ、ニナ」

ジャンが横にどいて、ニナに先に入るよう促す。午後の日差しが斜めに入りこみ、眩しい部屋の内部が目に映ったとたん、ニナの脳裏にほかの光景が浮かんで、現実のものと重なった。

扉の正面に据えられた大きな机。その脇に積みあげられた書類。椅子に腰かけていた金髪の男性が、侍従に書類を渡したところでニナに気づき、優しそうに目元を緩めた……。

「おと……」

「ニナ？」

呼びかけられて、はっとする。仕事道具を担いでいるほうの手を、前に伸ばしかけていた。自分はいまなんて言おうとしたのだろうか。おと……？

（おとなしく仕事に取りかかりましょう、かな）

首をぶんぶん振って気を取り直し、目の前の部屋に向き直った。ええとここは、

「……物置？」

か、ゴミ捨て場か。

部屋のなかが眩しいのは、陽光を遮るはずのカーテンが引きちぎられ、隅のほうで雑巾のようにぶら下がっているからだった。もとは大きな机だったらしい板切れの残骸が、壊れたままの形で床の真ん中に積みあがっている。本棚は軒並み空っぽ。飾り棚の扉も色硝子が割られて枠だけが残されており、その中身も空だった。

暖炉の前は、かろうじて片づいていると言えなくはないものの、床も壁も黒ずんでいて煙臭い。ジャンの言う通り、煙が逆流したせいだろう。

「ここは国王の執務室だったそうです」

ニナと同じものを見ながら、ジャンが教えてくれた。

「革命のときおれ……僕は、ここを見つけて真っ先に飛びこみました。そのときは扉は開け放たれていて、国王と品の良さそうな爺さん貴族がなかにいて……こんな部屋じゃなかったな。僕たちに荒らされる前は、こんなんじゃ」

「最低ね」

素直にぽろりと言葉がこぼれる。ジャンが傷ついたように表情を揺るがせたが、ニナの心はもっと揺らいでいた。

革命のはじまり。王宮に押し寄せた市民たちを国王はこの執務室で迎え、王政反対派の要望書の内容に目を通したあとは抵抗することなく、家族を連れて離宮に移ったというのに。

　最初から扉を開けて市民を迎え入れたのだから、この部屋をこんなに荒らす必要はなかったはず。家具を打ち壊し、金目のものを持ち去る理由は、もっとない。

「いまこの国の中枢にいる人たちは、自分たちの歴史に誇りがないの？　たとえ憎んでやまない国王が使っていた部屋だとしても、かつて長いあいだ王国を治めてきた君主の執務室よ。革命の勢いで荒らしてしまったとしても、十年以上もこの状態で放っておける気持ちがわからない」

　眦が熱くなる。『煙突掃除人のニナ』はこの場所を知らないし、国王側に肩入れする理由もないはずなのに……。

「自分たちの財産になったものも大切に扱えないから、十年経ってもこの国はまとまらないままなのよ」

　頬に涙がこぼれた。慌てて指で拭おうとしたが、手は爪のあいだまで煤で真っ黒だ。瞬きだけで雫を払おうとしていると、ふいにジャンの手が伸びてきて、ニナの目元を親指で拭った。

「……ニナは、王政派なのですか？」

　静かな問いだが、とんでもない。ニナはぎょっとして、ジャンの前から飛びのいた。

「冗談でしょ。あなたは私を査問会送りにしたいわけ？　私は中立よ。革命の歌だって平気で歌えるし、『革命万歳、共和国に栄光あれ』――だわ。もう、さっさと仕事に取りかからせてもらいますから」

つん、と顎を反らして暖炉に向かう。ジャンは後ろでそっと扉を閉めた。

二人きり？

少し気になったものの、考えてみれば昨夜も『花籠の館』の庭園で二人きりだったし、あのときのほうが暗かったとはいえニナはシャツ一枚という無防備な格好だった。いまになっていろいろ気にするのも馬鹿馬鹿しいため、気を取り直して暖炉を眺める。

暖炉は壁に埋め込み式で、外側は家具のような装飾がついているものの、中はレンガ造りで単純な構造のようだ。火の粉を防ぐ金網は取り外されたか、持ち去られてしまったらしい。炉床に膝をのせて煙突を覗きこみ、目を凝らしてみたが、外の光は見えなかった。

（まっすぐ外につながっていそうなんだけど……詰まっているのかしらね？）

煙突内部もレンガ造りで、レンガの組み方がでこぼこしているのでのぼるのは容易そうだ。

よし、と気合を入れたニナは仕事道具を包んでいるテントを広げ、暖炉のなかに敷き詰めた。二辺の端を持ちあげてマントルピースの縁に吊るすと、完全に外との仕切りができる。

ニナの姿が見えなくなるに至って、ついにジャンがテントに近づいてきて、

「ニナ。その、なにをしているのか訊いても？」

「養生よ。ラザールの弟子は仕事が丁寧なの。これから煤を落とすのに、周りを汚したらだめでしょう」

もうこれ以上ないくらいに荒れた部屋だからといって、煙突掃除人が汚していいという言い訳にはならない。帽子をきっちりかぶりなおし、マフラーで鼻と口を覆う。小さめのブラシを選んで手に持ち、まずは上までのぼってみようと考え……ジャンがまだテントの隙間から覗いていることに気づいて、釘を刺した。

「言っておくけれど、部屋の片付けは私の仕事の範疇ではありませんからね。こっちを見張っていないで、あなたはあなたの仕事をしたらいいわ」

「……そうします」

根は素直な青年なのだ。ニナはジャンに片目をつむってみせて、レンガの最初の一段に手をかけた。ひんやりした感触に、指がかじかむ。

（そりゃあ、十年以上も使われていなかったのでしょうしね）

国王の執務室なら、王政が続いていたころは丁寧に掃除されていたはずだ。だからか、レンガ自体はわずかに煤けているだけで、きれいなものだった。はらはらと舞う灰は、『王宮への行進』のときに燃えていた火のものだろうか。興奮した民衆は、国王の持ち物

を盗んだり壊したりするついでに、炎を燃えたたせて楽しんだかもしれない。それ以前に国王は、国政に関わる重要な書類を、市民の到着前に火にくべて燃やしたかも……。

煤が入らないように俯いて目を閉じ、片手のブラシで頭上を払いつつのぼっていく。だんだんと手ごたえが重くなったので、いったん壁に寄りかかってブラシを手元に引き寄せてみると、綿のようなべたつきが先端部分にまとわりついていた。蜘蛛の巣だ。

（いやねえ、こういうのがついちゃうと、あとで手入れもしづら……）

こそこそこそ、と手元をくすぐる感触。恐る恐る薄目を開け、暖炉側から届く光に手をかざしてみると――……巣の主の、大きな蜘蛛が。

「ぎっ………っっっ！」

（うきゃあああ！）

悲鳴をあげるのを堪えられたのは、暖炉のなかでは口を開けない習慣からだ。とにかく蜘蛛を振りおとそうとしてぶんぶん手を振るうちに、握っていたブラシまで落としてしまった。

（あーもう、やっちゃった）

蜘蛛も落ちてくれたのでよかったが、ブラシを取りに降りるべきかどうか、迷う。

煙突はもう半ばほどまでのぼってきており、

（ここまでの手ごたえからすると、詰まるほど煤がたまっているわけではなさそうなのよ

ね。もしかして、出口を鳥の巣が塞いでいるとかじゃないかしら）

一度てっぺんまでさっさとのぼって、外から煙突の位置を確認できれば、あとで屋根での作業がしやすくなる。方針が決まったので、ニナは今度は両手を使ってさっさとのぼりはじめた。先に進むにつれて、徐々に煙突の幅が狭くなっていくものの、子供体型のニナなら通り抜けるのは余裕だ。そろそろ屋根が近いかも……と、思いはじめたとき。

「うわ」

声が聞こえた。外からではない。「参ったな……」と、溜息交じりの困ったような独り言が聞こえるのは……足下から？

「え？」

ニナは帽子のつばを動かして、下を見た。上のほうが暗いのはともかく、暖炉側の光まで見えなくなっているのはどういうわけか。嫌な予感につき動かされ、ブーツの爪先でレンガのでこぼこを探りながら降りていく。やっと中間くらいのところで、爪先が鳥の巣のようなものに当たった。ふわふわで、もじゃもじゃで。

（なによ、これ）

つんつん、つんつん。穴でも開かないかと力を込めてぐりぐり踏みつけてみると、

「……すみませんが、やめてもらえますか」

もじゃもじゃが喋った。

煙突のなかでは口を開くな。

ラザール親方の教えも頭から吹っ飛び、思わず怒鳴ってしまう。

「ジャンっ……コルビジエ、さん？　そこにいるのは、あなたなのっっ？」

「ジャンで構いませんよ——すみません、煤が目に入ってしまって。擦ろうとして肘を曲げたらその……体が迷子に」

「ちょっと言っている意味がわからないんだけど」

帽子もかぶらず煙突のなかで目を開けたら、煤が目に入るのは当たり前だ。しかし体が迷子というのは……？

はたと気がつく。ニナは女性としても細身なので煙突のなかでも自由に動けるが、ジャン・コルビジエはかなり背が高いし、体の幅も厚みがあったような。

「まさかあなた、煙突に挟まって動けなくなっているんじゃないでしょうねっ？」

「認めたくはないが、そのまさかですね……足が使えなくても途中までは指の力だけでいけたんですが、いったん体勢を崩してしまうと、膝も曲がらないしにっちもさっちもいかなくて」

「ちょ……待ってて、私がすぐに上から出て、助けを呼んでくるから！」

「それも、やめてもらっていいですか？」

「どうして！　そのまま煙突のなかでひからびたいのっ？」

「もちろんそうではありませんが……義勇軍の名誉を背負って議会入りしたのに、いきなり煙突に詰まって助けを呼ぶようでは、今後の仕事に支障が出るのではないかと」

（だったらどうして煙突に詰まるような真似をするのよ！）

　怒鳴りつけたいが……不毛だ。ジャンの浅慮は呆れたものだが、せっかくの『革命の英雄』が議会に加わったとたんに評判を落としてしまえば、またロジャースの権力が増す結果になってしまいそうなので、それは避けたい。そもそも煙突にのぼらせてしまったニナにも責任はあるわけだし、

（仕方がないか）

　身を屈めて、手探りでジャンの手首らしきところをつかんだ。

「え？　ニナ……」

「反対側の腕も貸して。しっかり私の手を握りながら、ゆっくり体の力を抜くの……腰と膝が伸びれば、爪先がレンガに触れるでしょう。そこに足をかけて……ほら、動いた」

（重っ）

　ジャンの体が少し下にずれる。ニナは両手でジャンの腕をつかみ、蜘蛛のように足をレンガにかけて踏ん張った。

「も、もうちょっと……今度は手よ。片方ずつそっと放すからね、壁のでこぼこを探して、指をかけて……ひゃっ」

壁を探ったジャンの片手が、ニナの足首に触れる。凹凸（おうとつ）を探してふくらはぎを伝いのぼり、ブーツの隙間に指を差しこむと、

「あ、見つかりました。ニナ、もう手を放してくださっても大丈夫ですよ」

ぐいっと力をかけられ、ブーツが脱げそうになる。こっちは足だけで体を支えていたのに！

「ちょっと、そこ、違う！　指、いったん放して！　靴が脱げちゃう、脱げ……」

ジャンが腕を引いたとたんに、ブーツもするりと脱げた。裸足（はだし）が宙を滑る。もう片方の足だけで踏ん張ろうにも、片手をジャンとつないだままではどうしようもなくて、あろうことか真っ逆さまだ。

「きゃあああぁっ！」

「うわっ、ニナっ？」

地獄堕（じごくお）ち気分の数瞬の後、ばさりと音がして落下がとまった。養生用のテントの中、舞い上がる埃（ほこり）と煤で噎（む）せながらもニナは必死で目を開き、ジャンの上で身を起こす。

「ちょっと、大丈夫っ？」

ジャンは目を閉じていた。そこそこの距離を真っ逆さまに落ちたのに、ニナはどこも痛めていない。間違いなく、ジャンが庇ってくれたからだった。

『革命の英雄』。『義勇軍の救世主』。そんなものを押しつぶして、死なせてしまうなんて。

「ごめんなさい、私がちゃんと降り方を教えてあげられなかったから……ううん、あなたの言うことなんか聞かないで、助けを呼びに行けばよかったんだわ。ねえ、死なないでっ！　お願い、目を開けて……！」

　頭を抱いて懇願すると、ジャンが薄く目を開けた。赤と青が混ざったような栗色の目だが、瞳が澄んでいて少しの光で潤んで見える。ニナはジャンに膝枕を貸し、骨が折れていないかどうか、腕や肩を擦って確かめた。

「僕などの……心配を、してくださるのですか……なぜ……？」

「私の仕事中の事故なんだから、私の責任下にあるからよ。当然でしょ！　どこか痛いところはない？　めまいはしない？　起きられるかしら、吐き気とか」

「骨はたぶんどこも折れていないし、頭も打たずに済みましたから大丈夫です。ただ、まだ起きたくありません」

「どうして？」

「あなたの膝枕が気持ちいいから」

　ニナが膝立ちになると、ジャンの頭が炉床に落ちていい音を立てた。

「痛え……」

「なによ！　人が心配しているのに、冗談を言うなんて最低！」

「すみません。冗談のつもりではなかったんですが」

口が減らない。

「だいたい、どうしてあなたが煙突にのぼってくるのよ。煙突掃除は私の仕事であって、あなたは部屋を片付けるべきだって教えたじゃないの」

「その通りです。ただ、片付けをしていたら暖炉のなかから声が聞こえて……見たら、これが落ちていたので」

ジャンは手元を探り、彼と一緒に炉床に落ちてきたブラシを掲げてみせた。先端に蜘蛛の巣がまとわりついたブラシは、確かにニナが先ほどうっかり落としたものだ。

「まさか、それを私に届けてくれようとしたの？」

寝転がったまま、こっくりと頷く。まるで素直な少年そのもので、

「道具がないと困るかなと思って……でも、まさか自分が詰まるなんて思いませんでしたよ。子供の頃のようにはいかないな」

「子供だって詰まるときはあるのよ。煙突で遊んで、叱られたりしていたの？」

「さあ……」

ごまかすように頰を掻く。ほっと息をついたニナは、とりあえず暖炉のなかから出るためにテントの金具を外した。窓から射しこむ午後の日差しが眩しい。ジャンも衣服についた蜘蛛の巣や煤を払いながら出てきたが、濃い茶色の髪はくしゃくしゃだし、顔も手足もニナに劣らず真っ黒だ。

（どじねえ）

思わず噴きだしてしまい、くすくす笑う。ジャンは一つくしゃみをしてから、ニナを不思議そうに見た。

「なんですか？」

「そんな真っ黒じゃ『革命の英雄』も形無しね、って思ったの。……私は慣れているからいいけど、あなたは早く手も顔も洗わないと、それこそ目が真っ赤になって大変なことになるわよ。ここには水はないのね？　じゃあ、来て。お庭に泉があるはずだから、そこできれいに洗うといいわ」

明るくきっぱりと言って、身を翻して扉に向かう。頭のなかで蘇るのは、昔、誰かの手を引いて歩いた記憶だった。

——ねえ、いらして、おとうさま。お手手のインクなら、噴水のお水であらえばいいわ……。

黙って後ろをついてきたジャンが、来たときとは違う階段を下りはじめたニナの背中に向かって、静かに問いかけた。

「議事堂のなかに詳しいのですか？」

ニナは立ちどまる。瞬きして、いま自分がなにを考えていたのか思いだそうとしたが、頭のなかに霞がかかってしまっていた。

「……別に。だって、どこの大きなお屋敷にだって、お庭に泉はあるものでしょ。ただ、そこに行こうとしただけだわ」

「そうでしたか」

だったら早く進めばいいのに、足が動かなくなる。どこへ向かえばいいのかわからなくなった。ジャンがニナを追い抜きざま、手を伸ばしてきてさらうように指を握る。そのますっと腕を引っ張られて、ニナはついていくしかなくなった。

*

考えてみたら、庭園に出るためには階段を下りればいいし、庭園が見えている側にならどこかに出られる扉があるはずだ。

(なにを緊張していたのかしら。馬鹿みたい)

さっき、一瞬動けなくなってしまった理由はわからないが、いま、少し戸惑っているのはジャンと手をつないでいるせいだ。振り払って、一人で歩いてもいいのだけれど、つながっている肌から伝わってくる温かさが不思議で、放しがたい。

(そんなに人恋しがっているつもりはないんだけどな……どうしてなのか、この人の温もり、安心する……)

ラザール親方に頭を撫でられるときとは違う、安心感というか。

とはいえジャンも、ニナを余裕で案内するほどには議事堂のなかに詳しくないらしい。人気のある場所を避けたせいもあって、二度ほど行き止まりに突き当たってから、やっとテラスのような場所を抜けて庭園に降りることができた。

庭園は一般市民も自由に出入りできるらしいが、きっと建物内と同じくらいに汚れているのだろう――という心づもりはできていた。だが、短い芝生の丘を下って緑のなかに足を踏み入れたところから、周りの空気が変わったのを感じる。優しくなった、というか。

小鳥が高い木の上でさえずっていた。

花の季節ではないけれど、球形や円錐形に剪定された低木が同じ高さに並んでいて、不思議な世界に迷いこんだような楽しさを感じさせる。

議事堂に向かう橋の途中で感じたとおり、自由見学ができるといっても一般市民で溢れているわけではなかったが、それでも、この庭園を心地いいと感じて訪ねてくるものはいるらしく、市民の姿もちらほら見えた。なかには、恋人同士らしく腕を組んでそぞろ歩く姿も。

「……」

立ちどまって、仲の良さそうな男女をやり過ごすにあたって、ニナはついに言った。

「……いい加減に、手を放してもらってもいいかしら」

「そうですね……名残惜しいですが」

ジャンの手が離れたあとの指先は、汗のせいか煤がとれて、ほんのり桜色に染まって見えた。

噴水らしきモニュメントは、庭園に入るときから見えていたので、道に慣れていなくても迷いようはなかった。道の石畳も、ところどころ欠けているところはあっても落ち葉がきれいに掃かれ、自分とジャンの足音がコッコツ響くのが楽しい。

（このぶんだと噴水もきれいでしょうね。周りに人がたくさん集まっていたら、かえって顔を洗いづらいかしら。煤を落として石畳を汚したりしたら申し訳ないかも）

それでもわくわくした期待を抑えきれず、やがて辿りついた噴水を見あげたのだが――

……。

「お若いの、デートかね？」

茫然（ぼうぜん）としていると、後ろから声をかけられた。

振り向くと、平たい帽子をかぶって大きな剪定ばさみを手にした老人が、二人のすぐ後ろにいて同じモニュメントを見あげている。

モニュメントは……太陽に見立てた球体を掲げる男性の、彫像だった。全体が青緑色に錆（さ）びており、しかも鳥の糞（ふん）まみれだ。噴水だったと思（おぼ）しき大枠のなかは底に雨水と落ち葉が溜まっているだけで、どこからもきれいな水が湧きだす気配はない。

ジャンが老人に笑いかける。

「ええ、まあ、そうですね――ぐえっ」

ニナは肘でジャンの脇腹を小突いて黙らせておいてから、老人に向かって訂正した。

「私は煙突掃除人で、このひとは議員の仲間よ。手を洗える場所を探しに来ただけなんだけど……ここは、無理そうね」

「無理じゃな。残念だが、ここはもう水が涸れて久しいよ」

「噴水が壊れてしまったの？」

「ブルー川から高低差を生かして水を引く仕組みになっておるんじゃが、水路が詰まってしまってどうにもならん。美しい噴水だったんだが。真ん中の像も磨いてやりゃいいんだが、昔の王様をかたどった像だというんで、下手にきれいにしたりしたら王政派だと疑われて首が飛びそうなんでな、手は出せんよ」

「でも、庭のほかのところはとてもきれいだわ。議事堂のなかとは大違いよ――おじいさんが、ここの手入れをしてくださっているの？」

「趣味でな。もう十年以上も、勝手に入りこんでチョキチョキやっているが、誰も文句は言ってこんので、好きにして構わんということじゃろ」

「あなたは昔からの庭師なのですか？」

ジャンが問うと、老人は白いふさふさの眉毛をひそめて、ぷいっと横を向いた。

「うかつになにか言えば捕まって処刑台送りじゃ。わしはただの暇で善良な市民にすぎなくて、昔のことなぞなんにも覚えちゃおらんよ。そっちのお嬢さんはわしの庭の良さをわかってくれる、いい子のようじゃが……」

ジャンには素っ気ないが、ニナとは話したいらしい。労働者同士だからだろうか。ニナは帽子のつばを持ちあげてにっこりしてみせ、

「私もこの人も議事堂には慣れていなくて、手を洗う場所を探していただけなのよ。噴水がだめなら井戸でも泉でもいいから、どこか水場をご存じないかしら」

老人は真っ白い眉毛を二、三度揺らして瞬きした。

「ああ、ああ……井戸なら、あっちに見える煙突の真下あたりに使えるのがあるよ。昔の洗濯場のあとじゃ。お嬢さん——……名前を聞いてもいいかね?」

「ニナです。煙突掃除人のニナ」

「ニナ……ニナ、……アンヌ……」

老人はニナの名前をくり返して呟いたきり、うんともすんとも言わなくなってしまった。

「ごきげんよう」と挨拶しても反応がないので心配にはなるものの、ニナたちだって時間を無駄にはできない。教えられた煙突目指して、さっさと歩きだす。

小走りについてきたジャンが、ニナのほうに身を屈めてそっと訊ねた。

「さっきの方は、お知り合いですか?」

「まさか。知ってたら名前なんて訊かないでしょ」

「でもあちらは、あなたを知っていそうだった」

「私はそう思わなかったけど」

あっというまに見つかった井戸は、ごく普通のポンプ式だった。水をためる枠も屋根もしっかりしており、いまでも普通に使われているらしい。手を出そうとするジャンを制して、ニナがポンプを動かすと、愉快な音を立てて水が溢れだした。

「ほら早く、手も頭も洗って……って、ちょっと待って。ずぶ濡れになりそうだから、先に上着を脱いだほうがいいわね。着替えは持ってきていないの？」

「あいにく、一張羅（いっちょうら）なんです」

ジャンは素直にツイードの上着を脱ぐと、ばさばさと煙突の汚れを振り落とした。ニナはジャンの奮闘を横目で見ながら先に手を洗い、顔の汚れも軽く流す。

（手拭いを忘れちゃった）

仕事道具一式は、ジャンの部屋のなかだ。瞬きして目にかかる水を落とそうとしていると、ふいに顔に布が押しつけられる。目を開けてみると、ジャンがすぐ正面にいて、彼のものらしきハンカチをニナの顔に押しつけていた。

「まだ新品ですから、どうぞ」

「ちょっと……だめでしょ、煤汚れがつくわよ」

「このあと僕を拭いたところで、真っ黒になりますよ」

「それはそうだけど」

ジャンはハンカチに移った汚れを見せないようにポケットのなかへ押しこんでから、井戸に向かった。どう洗うつもりか見ていると、頭から水をかぶり、髪も顔もいっぺんに済ませてしまっている。親方とどっこいの豪快さだが、ニナは笑いながら教えてやった。

「耳の後ろとかもちゃんと洗わなきゃだめよ。あと鼻の周りも、煤だらけなんだから」

「ニナはもっと洗わないいんですか？」

「私はまだ仕事中だもの」

ジャンは頷いて、今度はやや丁寧に顔を洗い直してから、耳の中まで丁寧にハンカチで拭いた。癖毛から垂れる水滴が気になるらしく、シャツの襟元も緩めて首の後ろを拭いている。言動や目元あたりは少年のようなのに、筋張った首筋はしっかりした大人の男性らしかった。つい見入ってしまっていると、白いシャツからのぞく鎖骨のあたりに、きらり、と光る細いものが見えた。金色の……鎖？

（ペンダントかしら）

ずいぶんと華奢で、軍人の男性が趣味で買うようなものには見えなかった。どちらかといえば、女物だ。宝石のようなきらめきも見えた気がするし、たぶん、誰かからの贈りもの……。

「どうかしましたか、ニナ」

ジャンがシャツのボタンを留めながら、ニナに話しかける。

「いいえ、なんでもないの」

上着を着てしまえば、もう鎖も見えない。

ニナは曖昧（あいまい）に笑って、ジャンの胸元から視線を引きはがした。

＊

ニナは雇われた煙突掃除人であって、依頼者の趣味や服装を気にする立場にはない、もちろん。

そしてジャン・コルビジエは『革命の英雄』『義勇軍の救世主』として有名人であり、濃茶の髪や栗色の目は親しみやすくて優しそうなので、これまでさぞ女性たちにもてていたことだろう。

（おっちょこちょいだったり詮索好きだったりするのはどうかと思うけど、性格も悪くなさそうだしね。将来の誓いを交わした元貴族の女性に貰（もら）ったペンダントを、お守りとして肌身離さず身につけているとか……）

ロマンティックで良いことだ。

『英雄』の色事事情への興味はなくもないが、ニナが現状やるべきなのは、煙突の出口の確認だった。さっき、内側からのぼった限りでは内部に詰まりはなかったので、となると単純に出口が塞がれているものと考えられる。

（たぶん金網の汚れか、鳥の巣でしょうね）

議事堂の建物は、普段見回っている市民の家の倍以上の高さがあったが、手持ちの梯子を目いっぱいにつなげれば、なんとか屋根に届きそうだ。梯子がぐらつかないようにバルコニーの手すりに紐で括っていると、ジャンが心配そうに窓から顔を出す。

「ニナ、あの、危ないのでは……」

「平気だから、声をかけないで、邪魔をしないで。ついてきたりしたら承知しないわよ！」

大真面目に怒鳴ると、ジャンはおとなしく部屋に引っ込んだ。冗談ごとではなく、屋根の上で足を滑らせたりしたら今度こそ命に関わる。

「まったく。人のことより、早く自分の部屋のなかを片付けなさいっていうんだわ」

高いところにのぼるのは毎日なので慣れきっている。それでも親方の教え通り、一段ずつ慎重に梯子をのぼりきり、上に着くと梯子が倒れないように、重石をつけておくのも忘れない。そうしてやっと顔をあげると、

「うわあ……」

煙突掃除人しか見ることのできない風景が、広がっていた。

わずかに傾斜を描いた青銅の屋根と、そこから飛びだした朱色の大きな煙突。

下からは屋根の装飾にしか見えないような、凝った彫刻の施された細い煙突がたくさん。

（まるで煙突の畑ねえ）

ニナが立ちあがると、すぐ目の前の大きな煙突から、カラスが羽ばたいて飛びたった。

「カラスの巣？　だったらちょっと面倒臭いんだけど、うーん」

近づいてみると、煙突の出口を塞いでいるのは細い木の枝を重ねて作られた大きな巣で、白と青の羽毛が残っていた。おそらくコウノトリだが、巣の主たちは南の国へ発ってしまったあとなのだろう。ニナは羽毛をつまみ、空に飛ばした。

「来年帰ってくるときは、巣がなくなっちゃっていてびっくりするだろうけれど、ごめんね」

仕事道具からスコップを取りだし、巣の下側に差しこんで切れ目を入れていく。手ごたえが軽くなったところで持ちあげると、かなりの大きさで、年月を経てぼろぼろになった枝が下のほうにこぼれた。

（お引っ越しさせてあげたかったけれど、これじゃあ無理ね）

外した巣は背負って運びやすいように、できるだけ押しつぶしてからテントに包んだ。

あとの掃除は単純で、巣の下にあったゴミ除けの金網を持ちあげてブラシで磨き、周囲の汚れも丁寧に払い落としたら、終了。思った以上に簡単に済んでしまう。

「ま、こんなものでしょ」

潰した鳥の巣と道具一式を背負い、バルコニーまで降りて梯子を回収する。窓が開いたままなので、なかの様子をこっそりうかがえそうだった。ニナが煙突掃除を済ませているあいだに、ジャンの片付けも少しは進んだだろうか？

それとも恋人に貰ったペンダントを眺めて、物思いにふけっていたりして……。

「……」

（まあ、ちょっと、ね。ちょっとだけ、気になるだけだからね）

気配を消して、そうっと窓の隙間に顔を近づける。果たして、ジャンは言いつけ通り真面目に片付けをしていた……しているように、見えなくもなかった。国王の執務机の天板の残骸を持ちあげ、もう一枚の残骸と組み合わせようとしてうまくいかず、床に並べている。椅子の脚らしきものも拾いあげて、並べている。窓にぶらさがっていたカーテンは外してしまったらしいが、それも丁寧にたたんで積み重ねられていた。

さぼっているとは言わない。意味のないことをしているとも言えない。しかし、

「もう使えないんだから、捨てたら？」

椅子の背もたれだったものと、脚の部分とをくっつけようと苦心しているのを見るにあたって、ついに我慢できなくなって言った。

「あなたはここに家具を直しに来たわけじゃないんでしょ？　破片を全部くっつけようと

してたら、年が明けたって議会の仕事には加われないわよ」

「は？　ええ、ああ」

　ジャンは握りしめている両手の木片を見比べ、肩を落とした。

「……そうですよね。でも、あれもこれもいい木だし、立派な彫刻も入っているしで、どうにか直して役立てられないかと思ったんですが」

「焚きつけにはしないほうがいいわよ。ニスが残っていると煙が立つから。あとは……ああもう、家具はともかく、割れたガラスまでご丁寧に並べてどうするのよ。ガラス屋に持っていって売るつもり？　だとしても袋かなにかにまとめて入れないと」

「いちおうこの場所にあるものはすべて、国の財産ということになっていますから、僕が勝手に外に出して売ったりするわけにはいかないんです」

「じゃあ議会の許可でもなんでもとってから、捨てるなり売るなりすればいいでしょ！　とりあえず、コルビジエさん。煙突にかかっていた鳥の巣はとりましたから、あとは暖炉の周りを掃除してきれいにすれば、私の仕事はおしまいです」

「もうですか？　こんなに早く……」

「煙突一本に何日もかけていられないわよ。ジャン・コルビジエさん、あなたも掃除なんてとっとと終わらせて、ご自分の新しい仕事に集中できるようになさい」

「……はい」

ジャンは素直に返事をしたが、心なしかしょんぼりした様子だ。いちいち構っていられないので、ニナはいつもの手際でさっさと煤除けテントに落ちたゴミをバケツに移し、テントをたたんでから、暖炉の周辺に丁寧に箒がけする。おまけのつもりで、いつもより広い範囲まで箒をかけてやったが、その間も視界の隅でジャン・コルビジエがうろうろ、おろおろしながら木の破片を右から左に並べていた。

（ああ、もう、苛々する――――！）

ニナが突然、猛烈な勢いで部屋中に箒をかけはじめたので、ジャンは目を丸くした。細かい確認など、いちいちとっていられない。木屑はともかく掃き清めてしまい、椅子の脚はひとまとめにして紐で縛り、机の天板は大きさ順に積み重ねた。ガラスは袋のなか、カーテンはそのままにしておいて、後日洗濯でもなんでもしてみればいいだろう。

「ふう」

ニナが額の汗を拭ったときには、窓の日差しはすっかり西日になっていた。

がらんとした部屋に、赤っぽい光が影を落とす。うら寂しくはあるものの、荒らされた形跡が薄れただけでも、部屋が喜んでいるような気がする。

「あなた用の机なんかは私じゃどうしようもないから、議会の人に相談してなんとでもしてもらって。明日からは存分にお仕事ができるわね」

「……ありがとうございます。無理に煙突掃除を頼んでしまったのに、部屋の掃除まで手伝っていただけるなんて――ニナはほんとうに、有能で親切ですね」

「そう思うなら今度また『花籠の館』にいらして、女の子たちに親切にしてあげてね。それじゃあ、コルビジエさん。お元気で――」

「待ってください、ニナ。報酬を」

　仕事道具と鳥の巣をまとめて担ぎ、あとは足元の煤バケツを持つだけだった。ジャンに呼ばれ、顔をあげると、彼がそっと伸ばした手でニナの手を包みこみ、コインを幾枚か握らせる。銀色の輝きがちらりと見えた。

「多いわよ。それに、ここの報酬はまとめて議会で払うって、最初に……」

「あなたの煙突掃除は、僕が個人的にお願いしたものですから、僕が支払います。実は昨夜……『花籠の館』で煙突掃除の相場を聞いたつもりだったんですが、間違っていましたか？」

「あの子たち、私に気を利かせて十倍くらいに見積もってくれたみたいね」

「でも、部屋の片付けも手伝っていただいたので、これくらいは」

「煙突の中と外の点検と、鳥の巣の処分代と……だいぶ多く見積もったって貰いすぎだわ。箒がけの代金をちょっとだけ上乗せして、このぶんだけいただきます」

　ニナは三枚あった銀貨のうち一枚をつまみあげ、残り二枚をジャンに押しつけた。すぐに受けとろうとしないので上着のポケットに落としこんでやり、今度こそ煤バケツを取ろうとした手を、ジャンの手が追いかけてきた。

「……コルビジエさん？」

ずいぶんと熱い手だ。それに、震えているような？

「よかったら……あの……ニナ。仕事の報酬などではなくて、ただの、今日のお礼と考えてくださっていいのですが、あの」

「？」

「よかったら、これから僕と……」

ニナはジャンのおとなしそうで誠実そうな顔を見つめ、それから上着の首元に視線をずらした。そこに隠れているはずの金の鎖は、やっぱり恋人からの贈りものなどではなくて……家族か、大切な人の形見だったりするのかもしれない。

（でも、あまり詮索はするなって先に言ったのは私のほうだし）

ジャンになにか言われたら、なんと答えようか。息を詰めながら続く言葉を待っていると、二人のすぐ横にあった扉の向こうから、コツ、コツ、と神経質なノック音が聞こえた。ジャンがはっとして手を引っ込める。ニナは煤バケツを持ちあげた。

「どうぞ……」

向こう側からの応答はない。ジャンが顔をしかめて扉に向かい、押し開けると、廊下の真ん中にロジャースが立っていた。そばにクロード議員もいて、椅子らしきものを片手で担いでいる。

「やあ、ジャン。煙突掃除は終わったのか？　おまえがいつまでも報告に来ないから、こちらから出向いてきてやったぞ。ほら、椅子。座るものがないと、不便だろう？」

「ちょうどいま、終わったところだよ。外に鳥の巣がかかっていたそうで、時間がかかったんだ。今日はもうお帰りいただくところだよ。暗くなる前に――」

　ジャンは扉を塞ぐように立っていた。クロードの横からロジャースが現れ、部屋のなかに入ろうと足を踏みだすと、少し抵抗したそうに身じろぎしたものの、そもそもここは彼の家ではない。ロジャースはゆっくりした足取りで片付いた部屋のなかに立ち、「おお」と、少し笑ったような声を洩(も)らした。

「これは見事に片付いたものだ。さすが、ジャン坊や。処刑された国王の無念を晴らすのも、『革命の英雄』の手にかかれば半日か」

　ぐるりと部屋を見まわし、できるだけ隅っこに隠れようとしていたニナを見つける。ロジャースと視線が絡んだとたん、ぞわっと寒気が起こるのを堪えられなかった。

「煙突掃除人の用も済んだのなら、こちらが借りても構わぬかな？　おい！」

　いきなり高飛車に呼びつけられ、ニナはびくっと身を竦(すく)めたものの、平常心、と自分に言い聞かせて立ち直る。邪魔をしてきそうなジャンは、睨(にら)みつけて黙らせておいて、

「はい、旦那様。御用でしょうか」

「ほかの議員の部屋の煙突も見てやるようにと言ったが、先に儂の執務室の暖炉を見てもらうことにした。昔、王妃が使っていた部屋だ。じきに煙突掃除人を入れるつもりでいたが、おまえがいるのならちょうどいい。このまま儂の部屋へ来い」

（な……）

いきなり、蛇の住む穴ぐらに飛びこめと言われた気分だ。さすがに即答できずにいると、ジャンがロジャースに食ってかかった。

「ロジャースさん。彼女はもともと僕が個人的に雇った煙突掃除人です。あまり無理をさせるのは」

「煙突掃除人とて共和国市民。市民が議会のために協力するのは、名誉ではないかね？　それともなにか、ジャン坊やは個人的にこの煙突掃除令嬢に思い入れでも……」

いやらしい笑みとともに思わせぶりな言い方をされ、ジャンの顔色が変わる。ここで議長相手に喧嘩を売っても、待っているのは処刑台だ。ニナは慌てて、

「かしこまりました、旦那様！　ちょうどいまこちらを失礼するところでしたので、このまま旦那様のお部屋にうかがって、暖炉の様子を見させていただきます。ただ、あの……作業にとりかかるのは明日でも構わないでしょうか。見てのとおり、煤バケツもテントも、いっぱいになっておりまして」

バケツには、午前中からの仕事のぶんの煤が溜まっているし、テントからはみ出してい

るのは鳥の巣だ。ニナが哀れっぽい顔をしてみせると、ロジャースは鷹揚に頷いて、

「もちろん。仕事は明日で構わん。頼んだぞ」

生白い手が伸びてきて、ぽん、とニナの肩に触れた。ぞわわわ、と全身に鳥肌が立ったが、夕方の薄暗さのせいで、ロジャースには緊張しているようにしか見えなかったらしい。

「それじゃあな、ジャン。テーブルも明日、どっかで見繕ってきてやるよ！」

クロード議員は明るい性格らしい。そしてロジャースの腰巾着なのかもしれない。

ぱたん、と扉が閉じる。再び静かになった部屋に、ジャンの物騒な声が響いた。

「ぶん殴ってやればよかった」

「煙突掃除の依頼をされただけよ。なにを怒っているの？」

「ニナは平気なんですか。ロジャースに肩を触られたりして」

「あなたとは手をつないだじゃない」

正論を言ってやると、ジャンは途端に口ごもった。頰が赤くなっているかもしれないが、光の加減でよく見えない。ニナはさりげなく肩を払ってからテントを担ぎなおし、ジャンを振り仰いだ。

「とりあえず、帰りにロジャースのところの暖炉を見ていかなければならないみたいだから、そうするわ。それじゃあね、コルビジエさん。議会では短気を起こしたりしちゃだめよ」

扉に向かい、歩を踏みだす。ジャンが正面に立ち、通せんぼした。

「僕は平気じゃない」

「あなたとの仕事は終わったの。これからは私の仕事のこと、口出ししないで」

「それでも！」

激しい口調だった。いつもの落ちつきと、丁寧さはどこへ？　ぽかんとして見あげた彼の首元に、金の鎖が見え隠れしている。筋張った首筋や喉の骨を見あげているのが、少し怖くなり、ニナは一歩下がった。ジャンが大きく息を吸い、吐く。右手で握りしめていた拳を緩めて、

「……ロジャース議長の部屋ですね。ご案内します。ついてきてください」

さっさと扉を押し開けると、先に立って廊下を歩きだした。

第三章　おいしい煮込みと殺人疑惑

「ほんっと、信じらんない！」

　すでに日はとっぷり暮れていた。議事堂の周辺や橋に街灯が点されていて、ブルー川の水面に灯りが映り、二重にきらめいている。が、ニナは川沿いを歩いていても風情を楽しむどころではなく、議事堂の敷地を出るなり口をついて出てくる罵倒の言葉が止まらなかった。

「あいつめ、あの糞……め、最低野郎っていうのはわかっていたけれど、最低のなかの最悪ジジイだわ。火がめらめら燃えている暖炉のなかに入って煙突の汚れを見てみろですって？　掃除人を丸焦げにしてなにが楽しいのよ。それからほかの議員の部屋も！　煙突以前の問題だわ。生ゴミの片付けくらい自分でしなさいよ、最低野郎ども――！」

　ロジャースの部屋の暖炉に関しては、今現在の燃焼に問題はなさそうなので、今日のうちに火を消しておいて、なかの確認は明日にさせてもらう……というところで何とか許してもらったが、ついでに見回るように言われた他の議員たちのところがひどかった。煙突掃除は間に合っているからこれを持っていってくれと、次々に押しつけられるゴミの数々。いつもなら無視か断るかするのに、ロジャースの目が光っていると思うと引き受けないわけにはいかず、ニナは仕事道具に鳥の巣と煤バケツに加えて、何やら臭う紙屑やら食べ物の残骸やらが詰まった桶もぶら下げて帰途についている。

「だいたいあいつら、煙突掃除が間に合っているどころか、煙だらけの部屋に火鉢を持ち込んで料理なんかしていたじゃないの。誓ってもいいわ。このままあの人たちが議事堂を使い続けたら、早晩火事が起こって全員丸焦げのお陀仏でしょうよ！」

「……大変、面目ない」

斜め後ろで声がした。ジャンだ。ニナとの契約は終わったのだからついてくる必要はないはずなのに、ロジャースの執務室への案内を終えたあとも、ほかの議員の部屋にまでつきあってくれた結果、彼も両手に生ゴミの詰まったバケツをぶら下げている。ニナは仕方なく歩を緩めて、ジャンに並んだ。

「あなたに怒っちゃいないわよ。むしろ、あなたがついてきてくれなかったら、ロジャースに無理やり丸焦げにされていたかもしれないもの。感謝してるわ」

「そもそも僕があなたを議事堂に連れてこなかったら、こういう目にも遭わなかったわけですから」

「そりゃあそう、なんだけれどね。そもそも私が親方の言いつけを守らなかったから……」

ラザール親方もリリアーヌも、ジャンや議事堂に近づかないようにきつく言っていたのだから、言いつけを破ったニナがひどい目に遭うのは当然といえば当然か。肩の力が抜け、深呼吸しそうになって、ゴミの臭いに噎せた。

「大丈夫ですか、ニナ……ロジャースたちの仕事は、引き受けられるのですか？」

「断れっこないでしょう。まあ、いつも通りやるわよ。明日の朝、ロジャースのところの煙突が少しでも冷めていますようにって願うばかりだわ」

ラザール親方に手順を相談したいところだが、議事堂に近づいたことを叱られるのは憂鬱だった。

（あーあ、もう。こういうときはお酒でも飲んで、ぱーっと気晴らししたいーっ！）

街灯が途切れ、あとはうら寂しい街路が続くばかりの道の入り口で、ニナはジャンを振り仰いだ。

「そういえばコルビジエさんって、どちらにお住まいなの？　私はこの先のゴミ捨て場に寄っていかなきゃならないから、あなたの家が逆のほうならバケツを置いていってもいいわよ」

「そこまで非道にはなれませんよ。僕の家は北区のメティエ通りにあるので道筋も途中までは同じなのですが……ニナは、今日はこれから、ご予定がありますか」

「夕方過ぎたらどの家もかまどに火を入れはじめるんだから、煙突掃除の仕事はおしまいよ。私もこのゴミから解放されたら、あとは帰って休むだけ」

「よかったら僕と一緒に、食事に行きませんか」

とくん、と胸が高鳴った。どきっとした、というべきかもしれない。ニナが押し黙ったので、怒らせたと思ったのか、ジャンが慌てて言い募る。

「あの、今日は無理をいって煙突を掃除していただいただけでなく、煙突に詰まったところを助けてもらいましたし、その上部屋の片付けまで……お礼、と、考えていただいて結構なのですが。僕と一緒で、お嫌でなければ」

そういう誘い方はずるいと思う。断ったら、嫌だということになってしまうから。

ジャン・コルビジエと深く関わらないほうがいい。

彼は『革命の英雄』で、目立つし、これから議会に関わっていく人間だ。

ニナは自分の過去もわからない女で……もしかしたら、彼とは敵同士かもしれないのだし。

答えを決めて見あげると、ジャンはあからさまに顔も体も緊張させてニナの返事を待っていた。ほんとうに素直な人らしい。ニナは思わず噴きだして、

「せっかくだけれど、お断りするわ」

「あ……やっぱり、お嫌です、か」

「あなたがどうこういうんじゃなくて、私が問題なのよ。煤だらけの煙突掃除人を入れて

くれるお店なんて、それこそゴミ捨て場の近くにある汚い酒場くらいよ。あなたみたいな立派な旦那様が、そんなお店に入るわけにはいかないでしょう」

「そんな店でまったく構いませんよ。むしろそのほうが僕も落ちつきます」

　ジャンが勢い込んで言う。

「僕はあなたのことも、いまの首都のこともよく知らないので、いろいろ教えていただきたいのです。なんでしたら野営で僕が食事を作っても構わないんですが、あなたの知っている店があるなら、ぜひ。連れていってください、ニナ」

「……ほんとに汚い店なのよ」

　ジャンはにこやかに頷く。汚くてうるさいが、料理はおいしい店だと教えるのはやめておいた。どのみちニナ一人で生ゴミ満載のバケツを三つも手に提げて歩くのは無理なのだから、ジャンがついていきたいというのなら、好きにすればいい。

*

　酒場の名前はまさに『生ゴミ亭』というのだった。町中のゴミが放り捨てられていく共同ゴミ捨て場のすぐ目の前にあり、柵の向こうからひどい臭いが漂ってくるのだが、灯りの点った建物に近づくと、悪臭に負けないくらいの濃いソースの匂いが漂ってくる。

ニナは仕事道具を担(かつ)いでいたが、煤の入ったバケツはジャンが持ってくれていた。

「煤は捨てないのですか？」

「けっこう高く売れるのよ。庭に撒いたり、屋根に塗って腐らないようにしたりなんていう使い道があるんですって」

ニナが先に立って酒場の木戸を開けると、騒がしさと人いきれがかたまりになって襲いかかってきた。客たちの視線を感じたものの、いちいち気にしていられない。カウンターの向こう側にいる主人に目配せして笑いかけてから、隅(すみ)の二人掛け席に腰を下ろした。

「ああ、もう、お腹(なか)ぺこぺこよ。喉(のど)も渇いたー、ここのおすすめは煮込みなんだけど、ジャン……コルビジエさんは、苦手なものとかある？」

「ジャンで構わないんですよ。むしろそのほうがいい。好き嫌いはありません」

「ニナ。今日は男連れか。ラザールはどうした」

顔もエプロンも煮詰まった色合いの主人が、注文を取りにやってくる。ニナはにこやかに応じた。

「親方は家にいるんじゃないかしら。この人はコルビジエさ……ジャンよ、今日の私の雇い主。ところで私、お腹ぺこぺこなんだけど」

「豆とソーセージの煮込みがあるぞ」

「じゃあそれ。コル……ジャンも、同じものでいい？」

ジャンが頷いたので、二つ頼む。「酒は」と問われて迷っていると、

「弱いエールを二つ」

と、ジャンが横から答えた。こういう店の水など飲めたものではないので、弱いエールか、強い酒かの二択しかなかったわけだが、

「あなたには物足りないんじゃないの？」

「酔うつもりで来たのではありませんから」

ジャンの表情が穏やかだった。頰が緩んでいて、機嫌がいいのがわかりやすい。

（やっと、あの議事堂から解放されたんだもの）

そしてようやく食事にありつけるのだから、楽しまないのは損だ。料理とエールはほぼ同時に運ばれてきて、小さなテーブルがご馳走で埋まる。ぐつぐつ煮立った煮込み。トマトの赤い色のなかに、焦げた豆とソーセージが見え隠れしていた。エールは長靴のようなジョッキになみなみ注がれており、どろどろの表面に泡が立っている。

「では……今日の一日に」

「『英雄』様の初出勤に」

冗談めかして杯をかかげると、ジャンは嬉しくなさそうな顔をした。

「乾杯」

エールは酸っぱいが、軽い酒が体にまわって血の巡りがよくなる。煮込みは豆の風味と

食感と、ソーセージの塩気とうまみが混然一体となっており、とにかくおいしい。

「うまいですね」

ジャンも一口食べて、感心したように目をみはっていた。

「そうでしょ。ここは親方のおすすめなの。私の修行時代からね、すごく忙しかった日のあとなんかに連れてきてもらって」

「あの、ラザールというかたが……」

「親方よ。あなたが今朝一番に声をかけたっていうじゃない。昨夜は『花籠の館』に遅くまでいたんでしょうに、どれだけ早起きをしたのよ」

「眠れなかったんですよ。昨夜も言ったとおり、僕はどうにもああいう華やかさが苦手なので、緊張が残ってしまって。料理も——どこから手をつけたらいいのかわからなくて、正直、食べた気がしなかったな」

「もったいない。せっかく『革命の英雄』のためにニワトリをつぶしてあげたのに」

「その、『英雄』というのはやめてもらえませんか……あなたは毎日、あの館の料理を食べているのですか?」

「そんなわけないでしょ。煙突掃除は太ったら仕事ができないんだから、私が貰(もら)うのは野菜くず入りスープだけ。でも、昨日はあなたのおこぼれで鶏肉(とり)もついていたから、贅沢(ぜいたく)できて嬉しかったわ」

「なぜ、あなたはサロンに出ないのですか？」

まっすぐ訊ねてくる。彼はなにが言いたいのだろうか？　『花籠の館』のサロンに出るというのは、自分を売ることだ。結婚相手、もしくは支援してくれる男性を見つけるという名目があったとしても、実態はそういうもの。

「あなたはサロンが嫌いなのでしょ。なのに、私には出たほうがいいって思うの？」

「そうではなく……いいえ、決して、あなたが昨夜サロンにいたらなどと、よこしまな考えを抱いたわけではなくて」

なにを想像したのやら、後ろめたそうに顔を赤くしている。

「ただ女性にとっては……煤だらけの煙突の中などというのは、かなりきつい仕事場ではありませんか。『花籠の館』の敷地内に住んでいられるのなら、せめて煙突ではない場所の掃除や、調理場などで働く方法もあるのではないかと」

「庭掃除くらいなら手伝っているわよ。買い出しも頼まれれば行くし」

あからさまに納得していない表情を返されたので、ニナは笑った。

「私が煙突掃除人でいるのは、煙突が好きだからよ。高いところも平気だし、一人でいられるから気楽だし、向いているの」

「それだけで？」

また、言ってやろうかと思わないでもなかった。詮索するなと。でも、エールのほろ酔いが気持ちよく全身をまわっていて、無粋な文句など言いたい気分ではない。

だから少しだけ……ほんの少しだけ、夢の話をするくらいならいいだろうと思い、

「昔から、ねえ……暖炉のなかにいる夢を見るの」

「あなたが？」

頷く。くだらない、他愛ない夢だと思いこもうとしても、やけに鮮明で、見るたびに全身汗だくになって目覚めてしまう夢。

「外に出ると、床はネズミだらけで……とにかく暖炉のなかにしか、居場所がないのよ。窓は閉ざされているし、訪ねてきてくれる人もいないし。ともかく一人ぼっちで、暖炉のなかでうずくまって、ただ息をしているの。そこまで見て目覚めることがほとんどなんだけどね、たまに、『妖精さん』が助けに来てくれるときがあって」

「妖精……ですか」

ニナは頷く。

「笑わないでよ。子供っぽいとかも、言わないで。ただの夢なんだもの……とにかく夢のなかの私が暖炉にうずくまって震えているところにね、煙突のなかから顔が真っ黒の妖精さんがするすると降りてきて、手を差しだしてくれるのよ。おいで、って……それで私はその手をつかんで、煙突をのぼっていくんだわ」

誰かに詳しくこの話をするのははじめてだった。ラザール親方にだって、煙突に住むと

いう『妖精さん』を見たことがあるかどうか、こっそり一度訊いてみただけだ。ちなみに答えは「仕事中は集中しろ」の一言。

　ジャンは匙を持つ手を止めたまま、じっとニナの話の続きを待ってくれている。ニナはエールを勢いをつけてあおった。

「煙突をのぼるあいだ、私はわくわくして……楽しいのよ。だって煙突の上は、外なんだもの。どんどんのぼって、外に出て、夜空を見たとき――やったあ、って叫んだわね。だって、とってもきれいで気持ちがよかったんだもの」

　空のジョッキを見つめ、ほうっと息をつく。ジャンがいつまでもこちらを見ているのに気づいて、むっとした。

「なによ、おかしい？　せっかく教えてあげたのに」

「いいえ、まさか。おかしいわけがありません。それがあなたの……大切な思い出ならば」

（思い出じゃなくて、夢だって言っているじゃないの）

　言いたいが、現実ではないと自分で否定してしまうと、泣きそうだ。

　ジャンは器に残った煮込みをさらい、残りのソースを口に運んだ。

「夢のなかで屋根にのぼったあとは、どうなるのですか。そのまま『妖精』に弟子入りして、煙突掃除人に？」

「それじゃあラザール親方が『妖精さん』だったことになっちゃうじゃない――たぶん、

違うわよ。妖精さんはもっと若くて……私とあんまり歳が違わないくらいの、男の子だったもの。私の夢はいつも、屋根にのぼったところでおしまい。だけど、ずっと煙突のなかで仕事をしていたら、いつか本物の『妖精さん』に会えるかもしれないじゃない？　だから、煙突掃除人はやめたくないのよ」

ニナが口をつぐむと、ジャンが匙を置いて、ぽつりと言った。

「あなたは、思ったよりもロマンティックなんですね」

「思ったより、は余計よ。それより、お腹はいっぱいになった？　だいぶ酔っぱらいが増えてきたから、絡まれないうちにここを出ましょう」

ニナが財布を出そうとすると、ジャンが「お礼ですから」と制して、二人分の代金を支払うためにカウンターに向かった。下層の労働者が多い酒場のなかでは、ニナの煙突掃除人の格好よりも、ジャンの議員じみた服装のほうが目立つ。案の定カウンターにいた酔っぱらいが、絡むように声をかけてきた。顔に傷のある、ずいぶんなご面相の男だ。

「おいおい、こりゃあもしかして、議員さんかい？　こんな汚ねえ場所にまでご視察たあ、仕事熱心で恐れ入るってなもんだ――うん？　だがその顔、どっかで見たことがあるな……？　前にここに来たことがあるか？」

「あるわけないでしょ、この人は田舎者よ」

ニナが横からするりと腕を伸ばして、ジャンの肘に巻きつけた。酔っぱらいがぴゅっと口笛を鳴らす。

「ラザールとこのニナじゃねえか！　もしかして、おめえの男か？」

「お客さんよ。酔っぱらわせたら引きずって帰るのが面倒だから、あまり構わないでちょうだい。じゃあね、ご主人。今日の煮込みも最高だったわ」

　主人はまんざらでもない顔つきで、「また来い」と答えた。ニナはにこやかな笑みを崩さないままジャンの腕をぐいぐい引いて、酒場の外まで連れ出す。

　からかいの声も聞こえてこない通りまで来てから、やっと息をついた。

「どうしたんですか？　ニナ」

「忘れていたの。ああいうところの人たちは、議員なんて好きじゃないんだわ……自分たちと同じ市民だったはずなのに、偉そうにして威張っているし、査問会のこともあるから」

　市民出身の議員が、王政派の元貴族を裁いて処刑台に送りこむ――それが楽しい見世物だった時代があったとしても、同じ見世物が十年も続けばうんざりするのが普通だ。

（おまけにいまは、王政派じゃなくたってロジャースに目をつけられただけで査問会に捕まってしまうし）

　なのに明日から、ニナはそのロジャースの執務室に入って煙突掃除をしなくてはならないわけだ。それも……一人で。まさか他人の煙突掃除の最中にまで、ジャンに付き添ってもらうわけにはいかない。

（なんとかなる……か。下から蒸し焼きにされそうになったときの対策だけ、考えておこう）

大真面目に考え込んでいるあいだずっと、ジャンの腕にぶら下がっていることに気づいていなかった。彼が自分の住む家への小路を通り過ぎてもまだ、黙って歩き続けてくれていることにも。

再びの街灯を眺めながら橋を渡る。人の少なくなった共和国通りまでやってきて、やっとニナは我に返った。

「あ……ごめんなさい。あなたの家、とっくに通り過ぎちゃっているわよね？」

「『花籠の館』まで送りますよ。僕はいくら遅く帰ったところで、待っている家族もありませんから」

「家族はいなくても、恋人はいるんじゃないの？　『革命の英雄』だもの、近づいてくる女性もたくさんいるでしょうし」

「だからその『英雄』はやめてください。恋人なんて、いるわけありません。義勇軍に所属しているあいだはそれどころじゃなかったし、首都に帰ってきて、まだ三日ですよ。その間に知り合った女性はあなただけです」

「真っ黒『煙突ちゃん』で、残念だったわね」

「あなたはとてもきれいですよ、ニナ」

あまりにさらりと言うから、笑い飛ばすのを忘れてしまった。真に受けるなんて、おかしいのに。ニナはいまも頭から足の先まで黒ずくめの煤だらけで、これをきれいだなんて言えるのは聖人か、それこそ『煙突の妖精さん』くらいだろう。

「……馬鹿ね」

『花籠の館』の建物の灯りが見えてくる。ジャン・コルビジエといるところを見られたら、リリアーヌに叱られるかもしれない。館のお客様がジャンの知り合いだったりしたら、気まずくなるかもしれない。そうわかっていても、もう一歩、あと一歩とずるずる歩いてしまって、とうとう館を囲む柵まで辿りついた。

ジャンに絡めていた腕をほどく。離れるとき、ほのかに革の匂いを感じた。

「じゃあ、ご馳走様。コル……ジャン。ありがとう、送ってくださって」

「いいえ。こちらこそ、あの……」

「？」

煤バケツを差しだされる。ああ、と、ほっとして、ニナはバケツを受けとった。

「ありがとう、ジャ……」

笑いかけようとして顔をあげたとき、館からの灯りを遮るように広げたジャンの腕が、ニナの体をすっぽりと、遠慮がちに包みこんだ。ツイードの生地のちくちくした感触が頬を掠める。目をみはっているニナの鼻先で、ジャンの首元の鎖がしゃら、と動いた。

「……今日はありがとうございました。おやすみなさい、ニナ」

「……おやすみなさい」

シャツの隙間(すき)から少しだけ、鎖につながった飾りが覗(のぞ)く。はっきりと見えたわけではない、けれど……女物の、十字架のようだった。

＊

翌朝、ニナは夜が明けてから『花籠の館』を飛びだし、ラザール親方のもとへ急いで向かった。

なかなか寝つけなかったのだ。いつも通り顔も手も洗ってから毛布に包(くる)まったつもりだったのに、ツイードの匂いやジャンの腕の香りがどこかから香ってくるようで、気になって。

それからあの……十字架。やはりというか、女物で、ルビーらしき宝石も見えた。一般市民が容易(たやす)く手に入れられる品物ではなさそうなので、革命のどさくさで、貴族が手持ちの宝石を手放したものかもしれない。ジャンはそれを手に入れて、お守りとして持ち歩いているだけかもしれない。でも、あれは……。

もやもやと考えながら寝ついたせいか、やけに鮮明な夢を見てしまった。

……夢のなかでニナは、きれいなドレスを着たお姫様だった。議事堂でも『花籠の館』でもないお屋敷のような場所にいて、自分そっくりの、美しい女性の足元にまとわりついている。ニナがなにか話しかけると、女性は祈るように組んでいた手をほどき、握りしめていたものをニナに見せてくれた。それは、純金にルビーのはまった十字架で……。

（昨日議事堂に入ったり、ジャンの十字架を気にしたりしたからよね。寝不足は仕事に支障が出るから気をつけなきゃいけないのに、もう）

イシュー通りの朝霧は、だいぶ薄れかけていた。狭い石段を駆け下りていくと、もう準備運動を終えたらしいラザールが見事な胸筋の汗を拭っていたが、ニナを振り向くなり一言、

「朝帰りか」

危うく煤バケツを取り落とすところだった。中身がたっぷり入っているので、ひっくり返したら大惨事だ。

まだ朝も早いうちなので、眠っている人も多い。ニナはラザールに近づき、小声で怒鳴った。

「違います！　いつも通り『花籠の館』から来ましたよ！　ちょっと寝坊しただけなのに、どうして朝帰りだなんて思うんですか！」

「昨日、議事堂に出向いてジャン・コルビジエの煙突掃除をしたと聞いているからだ。俺

の言いつけに背くくらいあいつにご執心なら、朝寝坊の理由もそうだと思ったんだが」

ニナはさーっと蒼ざめた。近づくなと言われていた議事堂に、言いつけに背いて出向いてしまい、今日もまた仕事を依頼されていることを親方に知らせないわけにはいかず、どう切りだしたものかと悩んではいたが、まさかもう、ばれていたなんて。

「ご、ごめんなさい……っっっ！」

謝ろう。謝るのだ、謝るしかない。口で謝罪するだけではおさまらず、ニナは石畳に両膝をつけて両手を合わせ、ラザールを拝む勢いで謝った。

「すみません、すみませんっ……親方の言いつけを破るつもりじゃなかったんですが、昨日、橋のところでジャンに見つかってしまいまして……あの、煤だらけでかわいそうだったので、つい」

「コルビジエを呼び捨てか、なるほど」

（あう〜〜っ）

なにを言っても墓穴が深くなっていく。石畳に這いつくばって悔やみながら、ニナは昨夜のリリアーヌとの会話も思いだしていた。

ジャンと別れたあと、いつも通り裏口を開けて庭に入ったところで、腕組みをして待ちかまえていたリリアーヌが開口一番、

——おかえり、煙突ちゃん。ジャン・コルビジエはいい男だった？

そのときも煤バケツをひっくり返しかけた。

――なに言ってんの！　リリアーヌ、私はただ仕事をしてきただけ……。

――夕暮れの川沿いを並んで歩いて？　いつもより遅くなって、しかも帰り際に抱き合って？　ただ仕事してきただけですって？　ふうん……？

――どうして知ってるの……！

ブルー川沿いを並んで歩いているところは買い出しの娘が目撃して、遅くなったのは言わずもがなだし、帰り際の抱擁に至っては、館の窓から丸見えだったという。

いったい『英雄』と『煙突ちゃん』のあいだになにがあったのか、根掘り葉掘り訊く使命を帯びたリリアーヌの追及はすさまじかったが、そもそもニナにとっても、ジャンがどうして自分を抱擁したりしたのか理由がわからなかったし、ただ仕事をして、そのねぎらいとして一緒に食事をすることに深い意味があったとも思えない。

「仕事帰りの食事なんて、男の人同士だってするじゃないですか。それがたまたま私とジャンだったからって、どうしていちいち言い訳してまわらなきゃならないの」

「俺はただ朝帰りをしたのかと訊いたのであって、言い訳を求めたつもりはない。それからあまり大きな声を出すな。近所迷惑だぞ」

「どうせまだみんな起きてきやしませんよ。親方はいったい誰から、昨日の私の仕事の話を聞いたんですか？　ほんとにそのつもりもなくて議事堂に行ったから、知り合いには会っていないと思うんですけど」

「査問会の連中がここに来たからだ」

　ニナの全身から血の気が引く。運びかけていた煤バケツを取りおとし、ついにひっくり返してしまった。ラザールが迷惑そうに顔をしかめ、

「ちゃんと片付けろよ」

「す……そ……さ……さ、査問会が、親方のところへ、なにを、しに……」

「イシュー通りのラザールの弟子にニナという女煙突掃除人がいるかどうか、確認に来たらしい。ついでに俺とジャン・コルビジエとの関係も訊かれたが、一切無関係だと答えておいた。ニナは独り立ちした弟子なので、いちいちどこの仕事を引き受けるかどうかなど把握しちゃいられないとな」

　ラザールはあっさり言ったが、それはつまり、ニナが議事堂の仕事を引き受けてしまったことも、黙認してくれるということだろうか。議会嫌いの親方に、迷惑をかけるつもりはなかったのに。

「……すみません」

　今度こそ顔をあげられなくなり、小さく鼻をすする。俯いているニナの頭に、ラザールが汗臭い手拭いをかぶせた。

「うっぷ」

「煤を片付けて手を洗ったら、朝飯でも食っていけ。一昨日(おととい)のシチューが、鍋の底をさらえばまだ残っている。それから――おまえが俺の言いつけを守るいい弟子だったら教えてやれる情報があったんだが、共和国議会の手先になったやつには教えていいものか、どうか」

「冗談言わないでください！　私はただうっかり煙突掃除を断りきれなかっただけで、議会に取りこまれたつもりはありません……今日はロジャースのところの煙突を掃除しなきゃならないんですけど、あいつに下から蒸し焼きにされないか怯(おび)えてるくらいなんですから」

　ラザールが眉をひそめた。

「……ロジャースとも顔を合わせたのか？」

「ついうっかり、です。そもそも一般人が議事堂のなかに入るにはロジャースの許可を貰わなきゃいけなかったらしくて。あいつのところの暖炉はきれいに燃えていましたから、煙突のなかが冷えてさえいたら、点検はすぐに終わらせられます、たぶん」

「行くなと言いたいが、査問会にここを知られているのでは、匿(かくま)うこともできん。俺に忠告できるのは、できる限りロジャースにもジャン・コルビジエにも関わらないほうがいいということだけだ。おまえも、わかっているはずだったがな」

「わかっていたんですけど」

ニナは箒(ほうき)を借りて煤を集めながら、溜息をつく。ロジャースと関わったのはほんとうに避けようのない事故だった。ジャンと関わったのは……ニナが絆(ほだ)されただけだけれど。

「ジャン・コルビジエはロジャースとは十年前に袂(たもと)を分かって、いまは反発している間柄みたいですよ。少なくともジャンのほうは、ロジャースを相当嫌っていました」

「それくらいは知っているが、袂を分かったというよりは、ジャン・コルビジエが逃げたといったほうが正しいだろうな。あいつは首都を離れて義勇軍に加わっていなければ、とっくに裁判にかけられて、処刑台に載せられていてもおかしくない」

手が止まる。数秒、落ちつくつもりでゆっくり呼吸をしてから、できるだけさりげなく訊ねた。

「そうなんですか。いったい、どんな罪で？」

「王太子と王女の暗殺容疑だ」

「――……」

「王太子はともかく、王女のほうは死体が見つかっていないので正確には暗殺未遂容疑だがな……どうした？」

「え？」

ラザールに呼びかけられるまで、自分がどこにいるのかわからなくなっていた。目の前は真っ暗で、頭の中は真っ白で……でも、教えられた言葉はちゃんと聞こえていた。

ジャン・コルビジエが、王太子と王女を殺した？

（嘘でしょ）

そんな人じゃない。たぶん。気弱で、礼儀正しくて、ロジャースを本気で嫌っていて
……もしも過ちを犯したとしても、それはたぶんロジャースの命令でしたことだ、きっと。

でも、あの十字架は……。

箒を持ったまま動かなくなったニナの様子に、ラザールは溜息をついた。目の前で手をひらひら動かしても心ここにあらずなので、身を屈めてニナの耳元に口を近づけ、低い声で囁く。

「『東区のタンプル通り、十七番地』」

「……なんですか？」

「まじないのようなものだ。もし――ジャン・コルビジエを信頼できないと感じて、やつの正体を知りたくなったらいまの住所を訪ねてみるといい。もしかしたら、おまえにとって役に立つ情報が得られるかもしれん。それと」

ニナは首を横に振った。もう頭が一杯で、これ以上なにを聞かされても覚えられる自信がない。泣きそうなニナの顔を濃い青い目でじっと見おろしながら、ラザールは、いまのニナの憂いも迷いも吹っ飛ぶような重大な案件を教えてくれた。

「おまえが心配していた『花籠の館』のコルデ元子爵令嬢の元気がない件だが、理由がわ

かったぞ。一昨日訪ねてきた査問会の連中が、ロジャースの要望をフォンティーヌに伝えたのだそうだ。去年亡くなったポレーヌの代わりがそろそろ欲しい、できるだけ若くて生娘がいいと——条件にもっとも当てはまるのがエリーゼ嬢で、早晩ロジャースのもとに送られるのは確実らしい。それで元気でいろというのは、土台無理な話だろうな」

ニナの手元で、箒の柄がぴしっと音をたてた。

*

真偽を確かめるために『花籠の館』に駆け戻り、朝食の支度に忙しそうなリリアーヌを捕まえて問いただしてみた。ラザールに聞かされた情報はおおむね真実だったが、決定ではない、とのことで、

「フォンティーヌ母さんもこういう商売をしているから、ある程度のことを見逃してもらう見返りに、ロジャースの糞野郎の要求を呑むのも仕方ないと考えているのよ。でも、エリーゼはまだ十四歳だし、あの娘のお兄さんは義勇軍の将校だったでしょう？　いくらロジャースとはいえ、身の回りの世話に使われていい女の子じゃないわ」

「でも、エリーゼが逃げられたとしても、ほかの誰かがロジャースのもとへ送られるのかもしれないのでしょうっ？」

「いざとなったら、わたしが行くわよ。年増はロジャース様のお気に召さないかもしれないけれど、せいぜい忠実に仕えるふりをして、隙をみて……なんて、今のは聞かなかったことにしてよ？　ともかく、『煙突ちゃん』が心配したって、どうにもなりゃしないんだから、あなたはあなたの仕事をしてきなさい」

リリアーヌはいつも通りの姉御肌っぷりだったが、ニナの焦りは増すばかりだ。

エリーゼじゃなければ、リリアーヌ？　冗談じゃない！

それならいっそ自分が代わりに……と、言ってみたところで、そもそもニナは元貴族出身ではないし、娘たちのような家事も身についていない。

（そもそもこんなチビの痩せっぽちじゃ、門前払いされるのがおちだし……もういっそ、ロジャースの煙突をわざと詰まらせて、あいつをいぶし殺してやろうかしら。扉に鍵をかけて……でも失敗したら、ラザール親方に迷惑がかかるし）

どうしよう、どうしよう、と懊悩しつつも、仕事はしなければならないのだった。

置き去りにした煤バケツと道具を取りに、いったんラザールのもとへ戻ると、親方は煮詰まったシチューを用意してくれていた。塩気が体に沁みる。ともかく、今日からしばらくはロジャースのところをはじめ、議事堂じゅうの煙突掃除を手がけなければならないことを話すと、先に屋根にのぼって、見える範囲の詰まりを取り除いたほうがいいだろうと指導された。

「旧王宮の煙突は百本以上あるというから、いちいち依頼を引き受けるたびに屋根にのぼっていたら時間がいくらあっても足りない。鳥の巣や枯れ葉なんぞのゴミを先にすべて突き落としてしまって、それからロジャースの仕事にかかれば、やつの煙突を冷ます時間も稼げるだろう」

と、いうわけで、

「親方って、なんて有能なんだろう……」

午前中の議事堂の屋根の上。さわやかで涼しい風と、時折風向きによって襲ってくる、近くの煙突の煙を浴びながら、ニナはひたすら排気口の点検に勤しんでいた。朝、ロジャースはまだ出勤していなかったため、議長との面会待ちをしていた議員に、『煙突掃除は外の点検を先にしています』と伝えてほしいと言づけを頼む。梯子(はしご)をのぼる途中、ニナ、と呼びかけてくるジャンの声が聞こえた気がするが、きっと気のせいだ。

「『私の名前は煙突ちゃん、煤と煙がお友達……』……っと」

歌いながら屋根の上で道具を広げ、ブラシを手に排気口を覗いていく。煙が出ている煙突も、金網の上に枯れ葉がたまっているところが多かった。まったく使われていない煙突は、ブラシを入れると煤のかたまりに突き当たったりするし、コウノトリの巣を二つも取り除き、作業がはかどることこの上ない。

(なにしろ、煙突の畑みたいなんだもの。どうせ報酬(ほうしゅう)はまとめて議会から貰うんだから、

ここでやれるだけやっちゃえばいいわ）

　細い煙突には上からロープ付きのブラシを入れて、なかを掃除していく。手だけを動かしながら周りを見る余裕が出てくると、議事堂の前庭で、議員たちが話しあっている光景が見えてきた。ただ談笑している人たちもいるが、目立つのは、お互いにつかみかからんばかりの勢いで議論している一群だ。

　その、中心にいて――年かさの議員に襟首をつかまれているのは、ジャンではないだろうか。

「――若造が、偉そうに！　顧問だか相談役だか知らんが、きさまの説教など受けん！」

「――僕は説教などできる立場にありません、シャプロン議員。ただ、義勇軍の置かれている現状を皆さんにわかっていただきたいと……」

　年かさの議員は荒っぽい男のようだが、背はジャンのほうが高いし、似たような上着を着ているので、体の厚みの違いもわかりやすい。その気になれば相手の腕など簡単に振りほどいてしまえそうなのに、ジャンはあくまで穏やかさを保ちながら言葉で説得しようとしていた。やがて議員のほうがジャンを置いて立ち去り、ジャンも建物に戻っていく。

（十年も義勇軍にいたくらいだから、軟弱なはずないんでしょうけど）

　この数日間で見た限り、ジャンが激しい性格を垣間見せたのは、ロジャースに関わったときくらいだ。それ以外の場で、彼が努めて穏やかさを保とうとしているのは……もしかしたら、激情のまま動いて、過去に過ちを犯したことがあるからかもしれない。

——王太子と王女の暗殺容疑だ。

ラザールの言葉を思いだして、ぞっとする。しかしすぐに首を横に振り、ずるずるとロープつきブラシを手繰り寄せた。

(たとえ、あの人が過去になにをしたのだとしても……私には関係ないわ。だってもう依頼は済んじゃったし、あの人が『花籠の館』にお客様として来ることもないもの。私はさっさと議事堂の煙突掃除を済ませてしまって、あとは元通りになるだけよ)

あと考えるべきなのは……ロジャースの魔の手からエリーゼをどう救うか、だ。

リリアーヌを身代わりにするのは論外。そもそもいまこの首都で、共和国議会議長のロジャースに逆らうこと自体が危険を伴う。では、もしも……ロジャースが、議長でなくなったら?

(そうよ。もしも……ロジャースに、あいつの立場を危うくするような弱みが見つかったら)

その情報をたてにして、エリーゼを諦めるように取り引きできるかもしれない。ロジャースは表向き、清貧を旨とする清廉潔白な人物ということになっているが、その評判を地に墜とす決定的な証拠があったなら、議会で地位を保ち続けるのも難しくなるだろう。

情報だ、つまり。必要なのは、それだけ。

ニナは議事堂の屋根を見渡した。昨日、掃除し終えたジャンの部屋の煙突から白い煙がたなびいている。ロジャースの執務室は建物のちょうど真裏にあたり、瀟洒な風よけのついた煙突がそうだった。もとは、王妃の居室だったと……。

こっそり近づき、中を覗きこむ。内部のレンガに触れると、手の届く範囲では熱さを感じなかった。なかに耳を澄ましてみても、火が燃えている音は響いてこない。

「……ちょっと降りてみようかしら」

どのみち今日、ロジャースの暖炉掃除を頼まれているのだから、依頼通りのことをするのなら、罪にはならない。それでももしも、ロジャースに気づかれないままなかの様子を探ることができたら……なにか『花籠の館』の娘たちのためになる情報を、得られたなら。

ニナは帽子をきつくかぶりなおした。煙突の風防と、排気口のあいだは狭く、ニナの体形でもぎりぎり通れる幅しかない。細い手持ちブラシ一つを持って、足から煙突に入っていく。

（う……熱い）

手の届く範囲は冷えていても、下に行くにつれてレンガの熱が残っていた。火傷するほどではないが、息は詰まるし、汗が噴きだす。煤汚れはほどほどといったところで、簡単な掃除で済みそうだったが、いまの目的は下見ではない。ニナがいったん移動をとめ、呼吸を整えるために息を吐いたとき、

——義勇軍の解散を提案するとは、どういうつもりですか、ロジャース議長。

（この声……ジャンかしら。いま、ロジャースの部屋にいるの？）

視線を落とせば、手の届きそうなところにもう暖炉の炉床が見えている。これ以上降りれば気配を悟られてしまうかもしれなかった。ニナが息を詰めていると、

——どうもこうもないがね、コルビジエ君。義勇軍はあくまで非正規の軍隊だ。エルガードとの休戦が成り立っているうちにいったん解散し、もとの国軍と合わせて新たな共和国軍を編成すべきだと提案したいだけなのだが、なにか間違っているかね？

——人材はどうするのですか。義勇軍はこれまで、前線に近い国境の村とも良好な関係を築くべく努力をしてきて、それだからこそエルガードへの奇襲も成功できたのです。それをすべてご破算にして一からやり直すのがどれだけ難しいか。

——むろん、義勇軍の有能な人材はそのまま共和国軍へ組み込ませればよい。儂の考えでは、いまの義勇軍は元貴族と成りあがり軍人の寄せ集めにすぎず、だからこそ一致団結してエルガードに抵抗することができずにおるのだ。新たな共和国軍は完全に議会の指揮下におくことで、より指示系統も安定するだろう。よってきみの出る幕などないということだよ、『革命の英雄』君。

——議会の指揮下？　つまり、軍をあなたの支配下に置きたいということですか、ロジャース？

――議長と呼びたまえよ。無論、議会が儂を議長に推している限りは、軍も儂の管理下に置かれることになろう。それが？

――あなたは……結局のところ、十年前から、いや革命を起こしたときから、それが狙いだったんだな。国王や貴族を政治の場から追いだして、自分自身が権力を握ること。義勇軍にまともな支援もせずにエルガードと戦わせておいて、てめえがなかの権力を固めたあとは、いよいよ兵力も乗っ取ろうっていう腹づもりか？　そのために、国のために必死に戦っていた有能な将校を次々に査問会に呼びつけて……処刑台に送りこんでいきやがって。

――そのおかげでおまえごときが『救世主』扱いになったのだから、感謝してほしいものだ。コルビジエ……いや、ジャン坊や。あまり差し出口を叩かぬほうがよいぞ。儂は、おまえを王太子殺しの罪ですぐにも裁判にかけることができるのだから。

――王太子殺し？　おれが？

ジャンは笑ったようだった。それとも、泣きだしそうな声にも聞こえたが……どちらなのかよく、わからない。

――おれがルイ＝ニコラを殺したって？　どこにそんな証拠がある。ルイ＝ニコラは病死だ。死体だって共同墓地に放り込まれて、もう骨がどこにあるかさえわかりゃしないのに。

――当時を知るものを集めるだけさ。おまえが王太子の死亡前、自ら望んで世話役をかって出ていたことは、儂もよく覚えておるしな。

――……あんたの記憶なんかじゃ、証拠になりゃしない。おれは……。

――ジャン・コルビジエ。おまえの『革命の英雄』だの『義勇軍の救世主』だのという呼称さえ、市民の好奇心を満たすために儂がつけてやった芸名にすぎん。昔のおまえは素直に指示に従う良い駒だったが、いまでは勝手に飛び跳ねる悪い駒になってしまったようだな。残念だが悪い駒は排除するのが、儂のやり方だ。

――……あんたは何もわかっちゃいない。あんたのやり方とやらに反発してエルガードに亡命した元貴族たちは、こっちの国を奪い返す機会を虎視眈々と狙ってるんだ。もしも行方不明のアンヌ＝マリー王女が見つかったら……。

（え）

ジャンの口から、ニナ以外の女性の名前が出たことにどきっとする。アンヌ＝マリー……元王女は、川に落ちて魚に食べられてしまったはずだ。そしてラザールは、ジャンが王女の暗殺未遂にも関わったと言っていた。

――アンヌ＝マリー。おまえが川に突き落とした王女か！

ロジャースが声をあげて笑うが、甲高く、余裕のない響きに聞こえた。

――王太子の謀殺に、王女の暗殺。『革命の英雄』ジャン坊やの次の呼び名は『王族殺し』が良いかね？　ジャン・コルビジエ……今さらどんな夢を見ておるのか知らんが、アンヌ＝マリー王女は死んだ。十年捜して見つからぬのだから、社会的にも死んだとみなして差し支えない。いまのクロノス共和国を治めておるのは共和国議会で、議長たる儂が、王なのだ。自由だ平等だ革命だなどという思想もすべて、儂を王に押しあげるための布石にすぎなかったのだよ。

ニナは我が耳を疑った。いま、ロジャースは、共和国議長は彼自身をなんと呼んだ？

（王、ですって……――？）

――……失礼する！

ジャンの強い声のあと、足音は聞こえなかったが、下から吹きあがる風を感じた。よほど強く扉を閉めたらしい。ひりひりと熱い背中は、すでに火傷をしてしまっているかもしれず、ずりあがるたびに皮がめくられるような痛みを感じたが、ロジャースがまだ部屋にいる以上、上に戻らなければ脱出できなかった。ニナが重い息をついて、さらに体を伸ばそうとしたとき、

――煙突掃除はまだか？　部屋のなかが寒くてかなわん。

甲高い声のあと、ロジャースが暖炉に近づいてきた。からん、からん、と音を立てて、薪（まき）がいくつも炉床に放り込まれる。火をつけるつもりだろうか。

大急ぎで戻ろうにも、焦って動けば物音で気づかれてしまうかもしれない。緊張で張り

裂けそうな心臓の音を聞きながら、ニナはじりじり上にのぼっていく。ロジャースが火口になる藁を薪のそばに投げ込み、火打石を手に取る気配がしたとき、

――失礼します！　ロジャース議長、クロードです！　本日の議案についての資料をお持ちしました！

――ああ、クロード君か。ご苦労……。

ロジャースが暖炉のそばを離れていく。ニナは全身汗だくになりながら、今度こそ全力で煙突の外を目指した。

＊

王、と、ロジャースは彼自身をそう呼んだ。革命も自由と平等の思想もすべて、彼自身が王になるための詭弁にすぎなかったと？

「……悪い冗談だわ……」

かつて、クロノス王国という国を治めていた国王と王妃を排除し、貴族たちの身分と財産を奪い、彼らを処刑した血の上に建った共和国が、そんな玩具のようなものであっていいはずがない。

でも、現実に、共和国議長はロジャースであり、彼が実質、国の最高権力者だ。これか

ら義勇軍を解散させ、新しい軍隊を支配下に置く計画を成功させたあとは、もはやロジャースに逆らう力を持つ者さえ残らないだろう。

（だからといって、どうするの。私に、なにかできるわけでもないでしょう）

ただの煙突掃除人にできることは、煙突の掃除をすることだけだ。

　取り除いたゴミを片付けて屋根から降りたあとは、すぐにロジャースの部屋に向かうつもりだったが、歩くたびに上着が擦れて痛んだ。仕方なく庭園の、人がいないところで隠れて服を脱いでみると、背中は火照(ほて)っているものの、水ぶくれにはなっていないようなので、たぶん冷やせばよくなるだろう。

（昨日の井戸……に、行けばいいか）

　背中を冷やして、水を飲んで、ついでに頭も冷やして。それで悪夢がすべて消えてくれたらいいのに……。

　背中が痛むので道具は茂みに隠しておき、脱いだ上着と手拭いを持って井戸に向かった。天気は悪いというほどではないが、曇(くも)り空で、だいぶ風も冷たくなってきたからか、庭園を散策する人も昨日よりは少ない。

　井戸に近づくと、水音が聞こえた。先客がいたらしい。離れたところで順番を待つつもりで立っていると、ポンプの下に頭を突きだして水を浴びていた男性が、気配に気づいたのか顔をあげた。ニナを見るなり、濃い茶色の髪から水を滴(したた)らせながら駆けてくる。

「ニナ……っ?」

一瞬、恐怖を感じた。ジャンはいい人で、昨夜も一緒に食事をして、抱擁もして……でも、

──おまえを王太子殺しの罪ですぐにも裁判にかけることができる……。

──アンヌ＝マリー。おまえが川に突き落とした王女か!

王太子殺し?　王女を川に突き落とした?　ジャンが?　わけがわからない話ばかりだ

──ジャンが、ロジャースより悪人だとでも?

ジャンの手が、迷うニナの腕を捕らえた。なおも怯える体を引き寄せるようにして正面を向かせ、ニナの肩に手を触れる。上着を脱いでいるせいで、シャツ越しに感じる手の硬さが生々しかった。

「どうしたのですか。こんなところで、なぜ服を……まさか、ロジャースになにかされたのですかっ?」

ニナはぽかんとした。ロジャースの話を聞いて傷ついたのは間違いないが、直接なにかされたわけではない。火が入る前に暖炉からも逃げだした。なのにジャンは、焦りを隠せない顔で肩を揺さぶってくる。

「あいつがあなたになにかしたのなら──畜生(ちくしょう)、今度こそおれは、あいつを殺してきてやる。きっとそうする、待ってろニナ、おれは必ず──……」

「放して！」

　ニナが強い口調で言うと、ジャンがはっとした。瞬きした彼の目が赤いのは、怒りのせいなのか、それとも――井戸で顔を洗う前に、彼自身も悔し泣きしたせいなのだろうか。

　どっちだっていい。ニナは一歩退いて、ジャンの手から逃れた。

「ロジャースとなにかあったわけじゃないわ。ただ、煙突のなかが熱かったから体を冷やしに来たの。誰かを殺すなんて、そんな――ひどい言葉を、使わないで」

「あ……」

　ジャンが手で口を押さえた。頬を赤くし、恥ずかしげに視線を伏せる。

「……すみません。おれ……いや、僕は、頭に血がのぼると地が出てしまって……普段は、高潔なふりをしようと心がけているのですが」

「あなたがどんなふりをしようと勝手よ。ただ、もう私には近づかないで――お願いですから、二度と私に、優しい素振りは見せないで。二度とあなたと関わりたくないから、お願いよ」

「……なぜでしょうか、せめて、理由を」

「言わせないで！」

　ニナは叫んだ。立ちすくみ、両手を下ろしたジャンの胸元に、女物の十字架が見え隠れしている。ニナはその十字架を……知っているような気がした。気がするだけだ。ちゃんと見て、考えなければこの記憶は蘇らない。だけど……深く考えるのが、怖い。

ニナはジャンから顔を背けた。しばらく、もの言いたげにその場にいたジャンが、諦めたように無言で踵を返し、遠ざかっていく。

第四章　誘惑と取引

ロジャースの部屋の暖炉は、燃えさかっていた。

ニナは文句を言える立場にはない。朝一番に掃除にとりかかるから昨夜のうちに火を落としておいてくれと頼んだのに、いまはもう昼近くだ。

先に、屋根側の清掃を済ませることは伝わっていたらしく、遅れたことについての叱責はなかった。ただ、ニナを部屋に入れさせたあと、ロジャースは執務机に腰を下ろしたまま、一言。

「今日中に終わらせるように。遅れは許さん、わかったな」

「かしこまりました、旦那様」

ニナは深々とお辞儀をして、答えた。不満たっぷりの目をロジャースに見られないようにするためだ。ただ、暖炉にくべられたばかりの大きな薪を眺めて、溜息。

（まあ、蒸し焼きよりは、ましよ）

あらゆるひどい嫌がらせは想定していたため、準備もそれなりにしてきた。分厚い羊毛の手袋を二枚重ねではめ、いつも鼻と口を覆うマフラーを顔全体に巻いた上に、帽子をかぶりなおす。あとは、ブラシ。下から入れて、持ち手を継ぎ足せるものを使えば、ニナ自身が煙突に入らなくてもどうにかできる。

（よしっと。あとは、仕事にかかるばかり……火傷に注意しながらね）

炉床から火を掻きだし、空っぽの煤バケツに移す。灰の漂う暖炉のなかは、パンが焼けるほどの熱さだったが、養生をしないわけにはいかず、ニナは火かき棒をつかいながら煤除けテントをなかまで広げた。背中にロジャースの視線を感じる。テントの端を折りたたみ、暖炉を包みこもうとしていると、

「……なにをしておる？」

いきなり問われて、飛びあがりそうになった。

「養生をしております、旦那様。煤を掻き落とすとき、周りに飛ぶので」

「必要ない、そのままやれ。隠れてこそこそ作業されるのは、気に食わん」

（じゃあ火の粉が飛んで火事になっても、私のせいにしないでよ）

言いたいことはあるが、暖炉が熱いので、なかに閉じこもらずに済むのはありがたい。

ブラシに長柄をつなげ、内側のレンガに触れないようにしながら、そっと挿しこむ。軽く掻きだすだけで、さーっと音を立てながら煤が降ってきた。

「熱……」

（でもまあこの程度は、普通よね）

一度なかに入っているので、汚れ具合の確認もできていた。柄の長さが足りなくなると、ただの棒のような持ち手をつなげて伸ばし、さらに奥まで掃除していく。単純作業だ。

ニナが黙々と仕事をしているあいだにも、ロジャースの執務室には訪問客が絶えなかった。

――ロジャース議長。来年の義勇軍の予算を白紙にというのは、どのような……。

――ロジャース議長、共和国通りの商人組合が、ぜひ議長にご挨拶にうかがいたいと。

――ロジャース議長、『花籠の館』のフォンティーヌより、手紙が届いております。

（……フォンティーヌ？）

『花籠の館』の名前が聞こえたのでニナは耳をそばだてたが、ロジャースは声に出さずに手紙を読み終え、「ふん」と鼻を鳴らした。

（いったいどんな手紙だったのかしら。フォンティーヌは……エリーゼを送ることにしたの？）

はらはらしていると、ロジャースが手紙を持ってきた秘書に言づけていた。

「『花籠の館』に返事を伝えておけ。儂はとにかく急いでいる。娘たちの仕込みを待つつもりはない、とな」

つまり……まだ待ってほしいという内容の手紙だった、ということ。

(よかった)

でも、ロジャースが待たないというからには、早晩誰かを選ばなくてはならないはずだ。いったい誰を？　なんとかして、諦めさせる方法はないのだろうか？

継ぎ足す柄の残りが少なくなったところで、ブラシに感じる手ごたえが軽くなった。念のため先に進めてみても、落ちてくる煤がほとんどなくなっている。ニナは煤受けと煙突のあいだに顔を突っ込んでみて、危うく火傷しそうになったが、とりあえず煙突のてっぺんから外の光が射しているところまでちゃんと見えた。

(よし、と)

駄目押しでブラシを動かしつつ、徐々に引き抜いて柄を外していく。

重圧と熱さから解放されたため、鼻唄でも歌いたい気分だった。作業に邪魔な手袋は外してしまい、汚れを軽く落としたブラシと長柄をひとまとめに括っているところに、席を立ったロジャースが近づいてくる。養生用テントの端を踏みつけながら、ニナに訊ねた。

「終わりか？」

「はい、旦那様。あとは煤を集めて、掃除をしたらおしまいです」

「そうか。さっき、クロードという議員もここに来てな、おまえに掃除を頼みたいそうなので、ここが済んだらそちらに行くように」

「かしこまりました」

内心、ほっとした。次の仕事を頼まれるということは、生きてここを出られるということだから。

（そりゃあ、ロジャースがいかに最低の人間だって、いちいち掃除人をいじめて歩くほど暇じゃないわよね。私ったら、昨日からなにをびくびくしていたのかしら、馬鹿みたい）

もうさっさと片付けて、クロード議員の仕事も手早く済ませてしまおう。ニナがてきぱきとこぼれた煤を掃きとっていると、ロジャースがまた話しかけてきた。

「煙突掃除人。……ニナ、といったか」

ニナは箒を下ろし、ロジャースを振り返った。

「はい。ほかにも御用がおありでしょうか、旦那様」

「ふん……おまえは何歳だ？」

「――十六歳になります、旦那様」

これは嘘だった。ニナは十年前、ラザールに川で拾われたときにはもう、十歳は過ぎていたのだから。しかしラザールは、ニナの身長が伸びないのをいいことに、低く見積もった年齢を周りにも言いふらしている。

（ほんとうの歳はたぶん、二十二か、三だったかな。体形は、十年前と変わっていないいんだけどね……）

ロジャースは、ニナの返事が気に入ったように顎を撫でてにやっと笑った。

「おまえは掃除をするとき、煙突のなかには入らないのか？」

「入るときもあります、旦那様。でも、こちらの煙突はだいぶ狭いようだったので、ブラシを使わせていただきました」

これも嘘である。焼肉になりたくなかっただけだ。

「儂は煙突のなかになど入ったことはないが、部屋の物音はよく聞こえるものか？」

「煙突のなかでですか？」

「そうだ」

「……暖炉の近くまで降りればもちろん聞こえますが、上のほうでは聞こえません。作業に集中しなければ、怪我をしますし」

「作業をしなければ聞こえるということだな」

「おっしゃる意味がよく……頭が悪くて、申し訳ありません」

ろくでもない質問をくり返されそうなときは、馬鹿のふりをするに限る。ニナがぺこっとお辞儀をして煤片付けに戻ろうとすると、箒にぶつかる勢いで小さな袋が飛んできた。

「報酬だ。とっておけ」

「……」

指先だけで袋を開き、覗きこんでみると、大金である。ニナは首を横に振った。

「多すぎます、旦那様。こちらの議事堂の煙突を全部掃除したって、こんなにはいただけません」

「儂の気持ちだ。受けとれんか?」

「困ります。受けとってしまったら、これから旦那様にどんな無茶な仕事を言いつけられても、お断りできなくなってしまいますから」

　ニナは煙突掃除をしたのだから、煙突掃除以外の報酬をもらうわけにはいかないのだ。断固とした気持ちで拒むと、ロジャースはその態度をますます気に入ったらしく、生白い顎を撫でながらテントを踏んで、ニナに近づいてきた。小声で囁く。

「儂に仕えんか?」

「……は?」

「なに、難しいことではない。おまえはこれから煙突掃除人として、議事堂内それぞれの議員の部屋に出入りをするだろう。そこで見聞きしたものを儂に伝えてくれればそれだけで、この倍の報酬をやろう」

　つまりそれは……ニナに、間諜の真似をしろということか。

(舐められたものね)

　情報集めなら得意だし、ラザールへの報告はいつもしている。だが、ロジャースのために働くなんて、まっぴらごめんだ。ニナは憤りを呑みこんで、精一杯に怯えた表情をつくった。

「無理です、旦那様、こちらのお金もお返しいたします」

　財布に両手を添えて、ロジャースのほうへ押しやり、

「私はただの煙突掃除人で、私が見聞きできるのは煤と鳥の声くらいなのです。もし見聞きしたつもりでも、間違ったことを話せばご迷惑がかかるお客様も出てくるでしょう。私の商売は信頼が第一ですので、煙突掃除以外のご依頼はお受けいたしかねるのです」

「儂がだめでも、ジャン・コルビジエの依頼なら受けるのではないか？　おまえは、やつが連れてきた煙突掃除人なのだから」

「とんでもないことをおっしゃらないでください。ジャン・コルビジエさんの依頼はもう済みました。私とあの方は一切無関係です」

「ふうむ……」

　強い調子で否定しすぎたかもしれないが、ニナ自身がもうジャンに近づきたくないと思っているのは本心だ。ロジャースは、顎から頰まで撫でさする範囲を広げながら、じろじろとニナを観察していたが、やがて考えがまとまったらしい。

「ジャン・コルビジエを探るだけでよい」

　ニナは震えた。

「旦那様、ですから、私は」

「これは共和国議会、議長としての命令だ。従えぬのだったら、おまえも、おまえの師匠

とやらも査問会にかけて罰してくれるだけだ。……なに、難しいことではない。おまえがジャン・コルビジエを誰の部屋で見かけたか、なにについて話しているようだったか――できればあいつの持ち物を探り、手紙のようなもの、あるいはあいつの立場で持ち歩いていて不自然なものを見つけてくれれば、なおよい。おまえにはわからぬだろうが、あいつにはいま、共和国への叛乱(はんらん)の疑いがかけられている。ただ、『革命の英雄』『義勇軍の救世主』を訴えるには、十分な証拠を用意する必要がありそうでな」

（まっぴらごめんだわ）

たとえ、ジャンがどんな極悪人であっても……ロジャースに協力して彼を追い落とせるかとなったら、それとこれとは話が別だ。少なくともニナはジャンをいい人だと感じていたのだし、ロジャースはポレーヌの仇(かたき)に違いない。

（でも……ちょっと、待って）

いまロジャースがニナに持ちかけているのは、取り引きだ。金などいらないが、代わりに、『花籠の館』の娘を諦めてもらうように頼むことは……？

ニナが顔をあげ、ロジャースを見た。返事を考えているあいだにロジャースが女のような手をのばし、黒い帽子の端をつまんで脱がせる。なかにまとめていた灰色の髪が紐(ひも)に括られたまま、ぱたんと背中に落ちた。ロジャースは、針の穴のように虹彩(こうさい)のすぼまった目で、ニナの頭から顔、腰の横で握りしめた拳(こぶし)まで眺めていったところで、いきなり手をのばしてニナの腕を捩じりあげた。

「痛……なんでしょうか、旦那様」

「おまえは、貴族出身ではないのか？」

いきなり、とんでもないことを言いだす。ニナの背に汗が伝った。

「滅相もありません。私はただの親なし子です」

「おまえは親なし子でも、おまえの母親は元貴族だったかもしれん。その薄紫の目、この手の骨の細さは、下級市民の出身では持ちえぬものだ。知っておるか？　いま首都に出回っておるアンヌ＝マリー元王女の人相書きは『白金髪、薄茶色の目』ということになっているが、ほんとうのところは『薄紫色の目』だ。元王妃と同じ色だった」

誰が書き換えたのか知らんが、と呟きながら、ロジャースはニナの腕に手を這わせていく。固く握りこんだ拳のなかにまで指を挿しこみ、小さな手を開かせた。

煤まみれ、灰まみれの汚れた手だ。ブラシの肉刺と、火傷のあとがあちこちに残っている。ロジャースはふん、と鼻を鳴らし、

「惜しいな。薄汚れた煙突掃除人でなければ、儂の屋敷に住まわせて可愛がってやってもよかったものを」

「ご冗談、を……」

「儂に使われるのか、それとも逆らうのか？　ジャン・コルビジエに関して有用な情報を

集めてきたなら、おまえには望む褒美をやろう。だがもしも嫌だというのなら、おまえもおまえの師匠も処刑台行きだ」

ロジャースはニナの手を両手で包みこみ、骨を砕くような強さで握りしめながら、冷酷に宣言した。

＊

地獄がどこにあるのかと問われたら、いま、ニナは間違いなく正解を答えられた。ニナ自身の心のなかだ。

考えても、考えても、取り得る手段は一つだけ。もしラザールに事情を説明して二人で首都から逃げたとしても、『花籠の館』の顧客のなかには『煙突ちゃん』を知っているものがいるかもしれない。もしもロジャースの尋問の手が娘たちに伸びたら、それこそ地獄だ。

（ジャン・コルビジエの情報を……有用な情報を……？　探る、って……）

ロジャースの部屋を辞したあと、ニナは言われたとおりにクロード議員の部屋を訪れ、頼まれるままストーブの分解掃除をはじめたのだが、ぼんやりしているせいでいつもの手順を忘れていた。養生もしないまま床の上にばらばらにした部品を並べて、ひたすらごし

ごしとブラシを動かしているところに戻ってきたクロード議員が、

「やあ、もう終わっ……げほっげほっ！　なんだ、この黒い煙……うわあっ。床も壁も煤で真っ黒じゃないか！　どうするつもりなんだ、これっっ！」

「あ……終わったら掃除しますから、そのままにしてください……」

「え？　きみ、煤のかたまりじゃなくて人間……？　うわあ、立って歩かないで！　こっち近づかないで、煤がつくから、お願いやめて――っっっ！」

クロード議員の悲鳴で集まってきたほかの議員たちのなかに、ジャンの姿をちらりと見たような気がしたが、瞬きして見直したときにはもういなかった。当然だろう、もう関わるなと、ニナのほうから言ったのだから。

なんとかストーブを組み立て直し、煤をバケツに集めるところまではこなしたが、いつも以上に全身真っ黒になってしまったニナを呼びとめる者は、もう議事堂内にはいないらしかった。とぼとぼと外に向かい、ブルー川を渡って帰路につく。

オルガン芸人に小銭を投げたくとも、今日はその小銭さえ受けとっていない。『革命の歌』の素朴な旋律を聞き流しながらいつもの道を通っていくと、『花籠の館』の前の街路を、リリアーヌが箒がけしていた。

ニナを見て、見間違いとでも思ったらしく、目を擦って二度見してくる。そのあいだに丁寧に落ち葉の掃かれた街路に立ったニナは、そういえば、午後の明るいうちにこの辺りの風景を見たことがなかったと気づいた。

「お、おかえり、ニナ。今日は早いわね、それにずいぶんとまた……」

「真っ黒でしょ」

　ニナは笑った。リリアーヌが息をついて頷く。

「議事堂でいったい、何千本の煙突を掃除させられてきたの？　今日はロジャースのところの煙突もやったんでしょ？　まさかあいつに目をつけられないように、わざと真っ黒にしたとか？」

「そこまで知恵はまわらなかったわ」

　どのみちどんなに汚したところで、瞳の色や骨のかたちは変えられない。ニナが裏門に向かおうとすると、リリアーヌが箒を持ちながらついてきた。

「ニナ。しばらく議事堂の仕事が続くようだったら、毎晩スープに肉をつけてもいいって母さんが言っていたわよ」

　フォンティーヌはラザールの縁でニナに小屋を貸してくれているものの、極力『煙突ちゃん』には関わらないようにしているふしがある。それでも大仕事に同情する気持ちはあるのだと思うと嬉しかったが、

「……ありがと。でも、今日も夕食はいらないわ、出かけるから」

「まさか、またジャン・コルビジエと逢引？」

ずばりと言われ、否定したかったが、無理だった。正直にはなれないが、嘘もつけない。目の縁を赤くしたニナの様子に、リリアーヌは「とにかくなかで話しましょ」と言いながら裏門を開け、ニナの肩を押してなかに入るように促(うなが)す。

「手に煤がつくわよ」

「見りゃわかるわよ。それよりも、まさか――ニナ、本気でジャン・コルビジエに惚(ほ)れたわけじゃないでしょうね？　あいつは『革命の英雄』よ？　王族、貴族の天敵よ？　そのことをちゃんとわかっていて、つきあおうとしているの？」

「わかってるわ」

自分がこれからしようとしていることを思うと、体が震えた。あとで周囲から向けられるであろう白い目よりも、自分自身の黒い心が恐ろしくて、泣きそうになる。涙目になってしまったニナを、リリアーヌが気の毒そうに見ていた。たぶん、ニナがジャンとの不釣り合いな恋に苦しんで、泣いているとでも勘違いしているのだろう。

「つきあおうとなんて、しているんじゃないの」

ニナは自分自身に言い訳するように、言った。

「ただ、ジャンと話したいだけなの。仲良くなりたいわけじゃないの。二人で会うのはもう最後にするし、議事堂の煙突掃除ももう、頼まれないだろうし」

お喋(しゃべ)りなクロード議員は、今頃ニナの仕事のひどさについて言いふらしてくれているはずだ。ラザール親方の評判には傷をつけてしまうかもしれないが、議事堂から離れられることについては、よかった。あとはロジャースの依頼を果たしてさえしまえば。

「ジャン・コルビジエって、いい男なんでしょうね」

　リリアーヌが言う。ニナはこのできた女性の顔をまともに見られないまま、

「いい人よ。だからあの、リリアーヌ……できれば、服を貸してくれる？　ジャンと会うのに、普通の食堂だと私の格好では入れなくて。煙突掃除人が入れるお店じゃ、騒がしくて話なんかできっこないのよ」

「服も靴も下着も貸してあげる」

　リリアーヌはあっさり承諾してから、にやりと笑った。

「あなたがちゃーんとお湯で体を洗ったあと、わたしに選ぶのを任せてくれるならね。せっかくの『煙突ちゃん』のデートだもの、ジャン・コルビジエが帰したくなくなるように仕上げてあげる……って、ニナ。どうして泣くのよ。好きになった人と会うんでしょう？　だったら泣くことないわ、あなたの恋路を、誰も邪魔したりしないんだから」

（違うの）

　ニナはジャンを好きだから、会いに行くわけではない。けれど……。

　ジャンを嫌いだから誘惑しに行くわけでも、決して、なかった。

＊

ジャン・コルビジエが議事堂を出たとき、正面広場の空はすでに藍色だった。星も見えない、曇り空だ。議員たちもほとんどが家に帰ってしまっており、戸締まりをするために残っていた警備の人間が、ジャンが通り過ぎるときちらりと視線を寄こしたものの、声をかけてくる様子はない。昨日は愛想がよかったのに。

おそらくロジャースとの言い争いの件が、知れ渡っているからだろう。

義勇軍を解散し、新たな共和国軍を設ける。ジャンを特別顧問として迎え入れたのも、義勇軍の理解のもとに行われる改革だと、人々に錯覚させるため。共和国軍とやらが議会の承認を得てしまったら最後、用済みのジャンは消されるだろうし、クロノス共和国は完全にロジャースの支配下だ。

（わかってるつもりではいたんだが……議会も、下手すりゃ市民も、ロジャースの危なさに勘づいていないわけないのに、自分たちからはなにもしねえし、動かねえ。『王宮への行進』のとき、新しい国をつくるんだって息巻いていた気概なんてもんは、どこへ行っちまったんだ？）

ジャンは、靴屋の息子だった。幼い頃から家業の手伝いしかしてこなかったため、教養などないし、行儀作法も身についていない。そんな男が義勇軍に加わってから、元貴族の将校たちと曲がりなりにもやってこられたのは、ある人たちの影響のおかげだった。

高潔さを忘れないこと。たとえどんな苦境に置かれても……誇り高くあることは、人間にとって最後の武器だ。だから、言葉遣いもその人たちの真似をして、振る舞いもできるだけ穏やかさを保つように努力してきたのだが、

（失敗……だったな。ついうっかり、あの人の前で地を出しちまった。ロジャースを殺してやるなんて言って、怖がらせちまった。あの人はもう怯えて、おれには近づいてこないだろう。そのほうがいいのかもしれないが……でももう一度……あの人が本物かどうか確かめてから、こいつを渡してやらなきゃ……）

胸元に手をやり、シャツ越しに十字架を握りしめる。義勇軍でも、命の危機を潜り抜けるたびに感謝を捧げてきたお守りだが、ジャンのものではなかった。返さなければならない人がいる。ジャンはいつだって、その人との再会を夢見てきた……。

風が冷たい。俯きながら足早に広場を抜け、議事堂の正門を出たところに、人がいた。小柄で、女性らしい。物乞いか……客引きか？　あえて目を合わせないようにしながらすれ違ったとき、その人が小さく息をついた。数歩通り過ぎたところでジャンは立ちどまり、振り返る。

こちらを見ていた女性が、はっとしてショールで顔を隠した。くるりと向きを変えて、駆けだす。ジャンは腕を伸ばしてあっというまに、その人の肩を捕まえた。

「ニナ……！」

すぐに気づかなかったのだ。いつもの彼女と、全然違いすぎて。振り向かせた勢いでショールがふわりと落ち、ニナの姿があらわになる。

煤だらけではなかった。もちろん、『花籠の館』の娘たちのように華美でもない。灰色の髪を梳かして緩く編み、背中に下ろしている。胸元に革紐のついた焦げ茶色の上着と、灰色のスカート。地味で夜に溶けそうな格好だが、ジャンの胸は高鳴った。

「ニナ……どうしたのですか。もう日暮れなのに、こんなところで、一人で……それに、その格好は」

「館の女の子が貸してくれたの。今日は特に煤だらけになっちゃったから、男の人とデートするには、せめてこれくらいの格好をしなきゃだめですって」

「デー……」

浮きたちそうになった心が、すぐに冷静さを取り戻せたのは、この女性に『二度と近づくな、関わるな』と釘を刺されたのが、つい今日の昼のことだからだ。

「……参ったな。『花籠の館』の女性たちにからかわれて、無理にそんな格好を？　僕とデートだなんて、あなたには苦行でしかないでしょうに」

「デートっていうのは、リリアー…服を貸してくれた子が言っていただけで……私はただ、せっかくこんな格好をさせられたから、今日はあなたのおすすめのお店で、食事を一緒にどうかしらと思って」

「まさか、僕を誘うために待っていてくださったのですか」

「……着替えたついでよ！　ううん、そうじゃなくて……今日、せっかくロジャースのことで心配してくれたのに、あなたを怒鳴りつけてしまったでしょう？　申し訳なかったって、謝りたくて……だから」

　ジャンは無教養だが、おめでたい性格でもなかった。二度と関わるなと言うほど自分から距離を置こうとしていた女性が、いきなりまた近づいてこようというのは、なにか余程の理由があってのことに決まっている。

『花籠の館』の娘たちに煽られたのか？　『革命の英雄』に取り入ったほうがいいと？

まさか。

（おれはそんなにお大尽じゃあない。ということはたぶん、ロジャース絡みだろうな。あいつのところの煙突掃除をしているあいだに、なにかを聞いたとか――もしかして、あの言い争いを？）

　ロジャースはどこまでジャンの罪を言いたてたのだったか。反論するだけ無駄だとわかっていたので、ジャンも特になにかを言い返した記憶はない。彼女はジャンに王太子殺しの疑惑があるのを知って、近づくなと怯えていたのだろうか。でもこうして会いに来てくれたのだから、疑いは晴れた？

（違うだろうな――そんなに単純な話じゃない。でも、もしも今夜彼女がおれと話をしてくれるなら）

衣服越しにお守りを握りしめる手を、ニナもじっと見ている気がした。彼女の誘いなら、行きつく先が処刑台だって構いやしない。ジャンは胸元から離した手をニナに向け、彼女の手元でくしゃくしゃになっていたショールを広げて、寒そうな肩を包みこんだ。

「嬉しいですよ、ニナ。僕も実は昨日の別れ際、無作法な真似をしてしまったのであなたに嫌われたのではないかと心配して、眠れないくらいだったのです。昼間にあなたが怒っていたのも、そのせいだろうと……違いますか？」

「違うわよ。昨日はただお礼の食事を一緒にしただけで、怒ることなんかなかったでしょ。それより……今日の格好ならたぶん、煙突掃除人でも普通の店に入れてくれると思うの。だから、あなたのおすすめのところに行ってみたいわ」

「昨日の煮込みほどうまいものを出す店は知らないなあ。僕の行きつけはごく普通の食堂ですが、構いませんか？」

「普通の食堂、入ったことないのよ。楽しみだわ」

ほのかな笑顔が眩（まぶ）しくて、抱きしめてしまいたい気持ちを抑えるのが、難しかった。

＊

　メティエ通りの入り口に、小さな古い看板を掲げた食堂がある。名前は『賑わい亭』といい、ジャンが子供の頃からある店で、昔は愛想のいい老夫婦が営んでいたが、義勇軍から帰ってきてみると代替わりしていて、後を継いだのは老夫婦の孫にあたるジャンの幼馴染だった。

「ありがとうございましたーあ。いらっしゃいませーえ……ああなんだ、ジャンか」

　出てきた客と入れ替わりに入っていくと、両手に空の皿を持った亭主が、ジャンを見るなり声の調子を落とした。いつものことなので、ジャンも愛想笑いもせずに応じる。

「なんだとはなんだ。もう店じまいなのか？」

「いやあ、おすすめが売り切れたっていうだけ。おまえの好物はちゃんととっておいてあるよ――……」

　ニナはジャンの後ろについて、おずおずと店の入り口をくぐったところだった。亭主と目が合い、ぺこりとお辞儀をする。絶句した亭主がニナとジャンを見比べ、みるみるうちに顔を赤くするなり、ジャンの腕をつかんでカウンターに引きずっていった。

「な、な、なんだ、あの美人！　まさか、おまえの連れじゃないだろうな！」

「まさかとはなんだ。……ただ一緒に食事をするだけだよ」

「ただぁ？　おまえ、馬鹿なのか？　あんなきれいな子と食事をするだけって……義勇軍であそこを吹っ飛ばされたわけじゃないだろうな」

きょろきょろと珍しそうに店内を見まわしているニナは——背こそ子供のように小さいし、灰色の髪と、頰のあたりに赤みが残っているせいで素朴さが勝るものの——卵型の顔は小さく、目鼻立ちは優しげに整っていて、ジャンの生まれ育った階級の人間にはあり得ない品の良さを漂わせていた。いまの彼女を煙突掃除人だと教えても、誰も納得しないに違いない。

「食事と、ゆっくり話がしたいから静かな席を使わせてくれ。それから、あまり量は食べないひとだから、おすすめがなくてもうまいものを出してほしい。あと……一つ訊いてもいいか？」

「女の口説き方か？　押す、引く、引く、押すのタイミングだな。あまりがっつくと逃げられるぞ」

「そうじゃなくて、教えてほしいんだ……彼女は、おまえの目から見ても魅力的か、どうか」

「おまえ、マジで不能かよ」

亭主は馬鹿にしたように笑うが、ジャンは知りたかった。自分がニナに惹かれてしまうのは、彼女自身が魅力的だからなのか、それともジャンの心に残る後ろめたさのせいなのか。

「あのう」

気づくとニナが、カウンターのそばまで来ていた。『生ゴミ亭』での手慣れた様子とは打って変わった自信なさげな面持ちで、ショールを握りしめながら言う。

「あの……やっぱり私は……入ってはいけないようでしたら、ここでおいとまします。コルビジエさん、ごきげんよう」

「な、なにを言っているんですか！　歓迎も歓迎、大歓迎ですよ！　こんな美人を歓迎しない店なんてありゃしませんって」

慌てた亭主がカウンターを飛びだして、ニナの背を押すように奥の席へ案内した。

「ささっ、こちらへどうぞ、特別席です。すぐに特製料理もお持ちしますからね、ジャンと一緒に、ごゆっくり」

「……ありがとうございます」

ニナがちょこんと席に腰かけたのを見届けてから、すれ違いざま、亭主はジャンの脇を小突いた。

「美人で謙虚、言うことなしの子じゃないか。応援してやるから、うまくやれよ」

彼女はそういうのじゃない、と、否定しきれない自分が、ジャンは情けなかった。

料理はすぐに運ばれてきた。豆と野菜のスープに、鱈のグラタンだ。ちなみに品切れになったおすすめ料理はベーコンとトマトの煮込みだったと亭主が残念そうに教えてくれたが、ジャンとニナは昨夜の酒場の食事を思いだして、グラタンでよかったと二人して笑う。

グラタン皿はふつふつと音を立て、縁のチーズが焦げていて、いい匂いの湯気を立ちのぼらせていた。

「あいにくエールが品切れで。よろしかったら、こちらを。サービスしますんで」

亭主が大きめのカップに注いだ飲みものを料理のそばに置く。ジャンは飲みものと亭主を見比べて、

「おい、待て。中身はなんだ?」

「自家製の蜂蜜酒(はちみつ)です。お嬢さんでも飲みやすいように、お湯で割ってありますから」

「ありがとうございます」

お嬢さんなどと呼ばれたのははじめてで、ニナは照れくさそうにお礼を言う。亭主は文句を言いたそうなジャンを無視して「押せ、引け、引け、押せ……」と不思議な歌を歌いながらカウンターに戻っていった。

「あいつ……」

ジャンが亭主を睨(にら)んでいると、ニナが首を傾(かし)げて訊ねた。

「あなたは蜂蜜酒がきらいなの?」

「は?　……いいえ、そういうわけではないのですが……強い酒なので。あなたが酔った

りしたら困るだろうと」

「お湯で割ってくださったっていうし、平気よ。……あったかい飲みものって、いいわね。ちゃんと蜂蜜の香りもする」

　ニナはカップを両手で包みこんで、湯気を嗅いだ。乾杯、と小さく呟いてから口をつけると、蜂蜜の香りのわりに甘くはなく、その代わり体が芯から火照るようで、ふわふわしてきた。

「酔いませんか？　ニナ」

「平気よ。……このグラタンも、おいしい。白身のお魚ってあんまり食べたことがなかったわ。ジャンは、素敵なお店をご存じなのね。あのご主人とお友達なの？」

「同じ通りで一緒に育った、兄弟みたいなものです。あいつとクロードと、僕と……あいつは小さいうちから料理の修行をするために貴族の家に徒弟に出されていましたが、革命のあと帰ってきて、じいさんばあさんの店を継いだんだな」

「すばらしいわね。ジャンも、こんなにおいしい料理に慣れているのなら、そりゃあ『花籠の館』の料理に驚いたりもしないでしょうね」

「料理だけならそりゃあ、盛りつけも美しいし驚きましたよ。ただ、あの雰囲気がどうも落ちつかなかったというわけで」

「サロンの雰囲気が苦手でも、女の子たちは？　みんなきれいだったでしょう？　誰か仲良くなりたいと思う子はいなかったのかしら」

「それこそ、笑われるのではないかと気が気じゃなくて、一人一人の顔を見る余裕さえありませんでした」

「ふうん。もったいないわね、あなたくらいに素敵な人なら、声をかけてもらいたい子もたくさんいたでしょうに」

蜂蜜酒のお湯割りのおかげか、『賑わい亭』の温かな雰囲気のせいか、ニナはお喋りになっていた。料理はおいしいし、匙もカップもテーブルも清潔で、幸せな気分になってしまう。これからジャンを、裏切らなくてはいけないのに……ロジャースにとって有益で、ジャンにとっては破滅的な情報を手に入れるのが、ニナの目的だ。この温かい、おいしい料理を食べたあとで？　どうして……。眦が熱くなる。

「ニナ？」

ジャンに声をかけられ、はっとした。眦の涙を拭い、笑ってみせて、

「ごめんなさい、なんだか……あったかい空気に慣れていなくて。不思議ね、いつも私は煤だらけで、一人ぼっちの小屋で冷たいスープをすすっているのに、ほんのちょっと着替えるだけでこういうお店にも入れてもらえるなんて。あなたのおかげね、コルビジエさ……ジャン」

ジャンがニナを見ている。戸惑ったように、でも真剣に、ニナの表情や言葉のなかから

本心を探ろうとしているように見えた。ニナは気まずさを笑顔でごまかして、グラタンを口に運ぶ。ほっくりした鱈の身が口のなかでほどけ、ホワイトソースと溶けあった。おいしさにうっとりしつつ、また蜂蜜酒のカップに手を伸ばすと、

「……よかったと思います」

ジャンがぽつりと言った。

「こちらのご主人のこと？　そうね、こんなにおいしい料理をつくれるくらいまで修行ができて、お店を無事に継げてほんとうによかった」

「そうではなくて、ニナが『花籠の館』のサロンの女性ではなくて……煙突掃除人で、よかった。だってあなたがサロンに出ていたら、とっくにどこかの男にさらわれてしまっていただろうから」

「こんなチビの、痩(や)せぎすを？　いったいどこの趣味の悪い男性が欲しがるっていうの」

「あなたはきれいだし、可憐(かれん)だ。少なくとも僕は、あなたを一目見たときから欲しいと思っています」

「欲しいって、煙突掃除人として？」

「一人の女性として、です。ただ僕は……もう義勇軍も辞めてしまっているし、議会での立場もどうなるかわかったものではないので、あなたを手に入れて幸せにしてやるなんて、口が裂けても言える立場ではないんですが」

「私の幸せは私が決めるわよ。人にどうこうしてもらおうなんて考えたこともないわ……ただ」

　ニナが俯く。頬がもともとの色よりさらに赤く火照っているのが、蜂蜜酒のせいなのか、ジャンの言葉のせいなのか判断がつきにくい。ニナは灰色のスカートの上で両手を握りしめ、しばらくの躊躇(ためら)いのあと、思いきったように顔をあげた。

「あなたはロジャースと、仲良くはできないの？」

「仲良く……？　あいつと？　なんのために、なぜですか」

「あなたが生き延びるために。今日、煙突掃除をしていて……ちょっと聞こえてしまったんだけれど、あなたはずいぶんとロジャース相手に喧嘩(けんか)腰だったじゃない。自分の意見を言うのはいいわ。でも、権力を持つ人に逆らって、それで殺されてしまったらなんにもならない。もっとうまく立ち回らなきゃ、せっかく『革命の英雄』で、義勇軍でも活躍できたのに、ロジャースなんかのために命を危険にさらしてどうなるの」

　ニナの表情から、曖昧(あいまい)な笑みが消えていた。もしロジャースとの会話を聞いたのなら、ジャンに王太子殺害の容疑がかかっていることも知っただろうに——無実だと、信じてくれているのか？　それとも、彼女自身に王太子への思い入れがないから、大した罪ではないと聞き流してしまっているのだろうか。

　どちらにせよ、いまの提案は論外だった。ロジャースと仲良くなるくらいなら、首切り役人と親友になったほうがましだ。ジャンはニナすら罵りそうになる気持ちを呑みこむために、蜂蜜酒のカップをあおる。ずいぶんな濃さに呆れたが、ジャンにはちょうどいいくらいだった。

「……なぜロジャースについての注意を、僕などに？」

「なぜって」

「僕はあなたの過去を知りませんが、『花籠の館』にいる女性たちはみな元貴族の出身で、革命を起こした者たちを憎んでいるのではないでしょうか。たとえば、僕を。共和国議長のロジャースは倒せなくても『革命の英雄』なんていう二つ名を持つ僕を倒せば、少しは彼女たちの溜飲も下がるのではありませんか」

「馬鹿にしないで」

ニナの顔が、今度はわかりやすく、怒りで赤くなった。蜂蜜酒のカップを両手で持ち、一息にあおる。ジャンがはらはらする飲みっぷりだったが、ニナは空になったカップを叩きつけるように置いて、

「革命は――起こるべくして起こったのよ。国王一家が国民の苦しみに気づきもせず、自分たちの立場を守るために戦争を起こそうとしたから、あなたたちは家族と国を守るために立ちあがったんだわ。『革命の英雄』は、それまで市民が誰も越えられなかった王宮の柵を乗り越えて、自由と平等の証明をしてみせた少年でしょう。その勇気を讃えこそすれ、

憎んだり、ましてや復讐を考えたりなんてするものですか。むしろ恨みたいのは——私だって……」

革命の思想には賛同できるが、いまの恐怖政治をつくりあげている人間は許せない。つまり、ロジャースだ。革命に協力的だった貴族にさえ『王政派』の疑いをかけて、処刑台に送りこんだ人でなし。

「……すみません。ニナは、僕の身を案じて言ってくださっただけなのに」

「私こそ……ごめんなさ……、い」

ニナは深く息をついてテーブルに突っ伏し、そのまま目を閉じる。

「ニナ？　……もしかして、酔ったのですか？」

「ええ？　まさか……ぁ」

肩を揺さぶると、ニナは耳まで赤くなった顔をあげて、ふわふわ笑いだした。

「酔ってなんか、ないわよぉ……ここの料理、すごくおいしかったわ。ごちそうさま……うぅん、今日は私がご馳走する番だったわ。毎日でも食べに来たいけれど、毎日こんな服に着替えていたら仕事なんてできやしないから、きっと無理ぃ」

「完全に酔っているじゃないですか。ああもう、水を飲んで……そろそろ出ましょう。歩けなくならないうちに、『花籠の館』まで送っていきますから」

「やぁよ、まだ帰りたくなぁい……。せっかくおしゃれしてきたのに、夜はこれからでしよ」

「ともかく……出ましょう。外の風に当たったほうが、酔いも醒めます」

渋るニナを抱えるように立たせて、外に連れ出すとき、ジャンは恐縮している幼馴染を思いきり睨みつけてやった。

日はとっぷり暮れており、空は恐ろしいくらいに真っ暗だ。左右の家の窓から洩れる灯りも細々としたもので、通りは足下も見えないくらいに暗い。どちらに進んだものかと、ニナを支えながら迷っていると、閉じたばかりの『賑わい亭』の扉が開き、亭主が火の灯ったランプをジャンに差しだした。

「使う？」

ジャンはランプを受けとった。

「あとで覚えてろよ」

と言うと、謝りたそうに片目をつむってみせてから、店に引っ込む。悪いことをしたという自覚がある証拠だ。

「まったく……すみません、ニナ。あいつがやっぱり、蜂蜜酒を僕と同じ濃さであなたにも出していたんです。悪ふざけにもほどがある」

「どうして怒るのぉ……飲んだのは私よ。気持ちよく酔っているんだから、ご主人に感謝こそすれ、だわ」

「それでも……」

気分が悪いわけではないが、一人で立っているのが辛い。ニナは全身をめぐる蜂蜜酒の酔いに任せて、体をジャンの胸に預けた。驚いたように跳ねる、ジャンの鼓動。彼の吐息からも、酒の匂いがする。

「ニナ……？」

「……まだ帰りたくない」

ジャンを誘った目的はなんだったろうか。彼の情報を探ること……持ち物を探り、ロジャースに必要なものを見つけだすこと。どうやって？　方法は一つだ。

「ゆっくり歩きましょう」

ジャンが言った。

「どこかに座って休めそうなところがあったら、休んで。歩けなくなったら僕が背負います」

「あなたの家はここから近いの？」

「……はい。でも、女性を招待できるような場所ではないので」

「地べたに座るよりはましじゃない？　もし散らかっているっていうんなら、また掃除を手伝ってあげるわ」

「なにもなさすぎて、散らかりようなんかない部屋ですよ。そうではなくて……ニナ」

ジャンの手がニナの背にまわった。彼の手が熱すぎて、酔いが溶けてしまいそうだ。

「……あなたがなにを考えているのかわからない。もしかしてロジャースに脅されて、なにか頼まれたのではないのですか。僕の弱みを探れとか、そういうことを」

頭に血が上った。図星なのに、そう悟られるのが悔しくて、ショールを握りしめる。

「あなたが私に誘惑されたくないっていうんなら、いいわよ。これっきりにするから。リリアーヌに頼んで着替えまでさせてもらって、馬鹿みたい。ごきげんよう、ジャン・コルビジエさん。もう二度とお会いしたくないわ、さようなら……っ」

「ニナっ？」

温もりから体を引きはがして、逃げだそうとしたところを、もっと熱い温もりのなかに抱き竦められる。ジャンが大きな背を丸め、彼の胸のなかにニナを包みこんでいた。

「放して！」

「放したらもうこれっきりだというなら、放せません。正直僕は、あなたが僕に惹かれているとか、本気で誘惑したがっているなんてこれっぽっちも信じちゃいないんだ。だけど……誘惑に乗らなきゃあなたを失うっていうんなら、それが悪魔の誘いであろうと乗ってやる」

（そうよ）

これは悪魔の誘いだ。ニナは、自分と親方と『花籠の館』の娘たちを助けるために、ジャンを破滅に導くかもしれない真実を探りだそうとしている。そのために、ジャンを……誘惑しようと、ここに来たのだから。

怯えて震えるニナの耳元で、ジャンが低く囁いた。

「僕の家はすぐ近くです。行きましょう」

＊

下り坂の狭い路地の途中に、ジャンの家はあった。『賑わい亭』の亭主に借りたランプがなければ見過ごしてしまいそうなほどの、小さな家だ。入り口に木戸があり、看板を吊るすための枠があるが、看板そのものは残っていない。

「ここです……足下に気をつけて」

ニナはほとんどジャンの腕に包みこまれながら、ここまで歩いてきた。収まらない鼓動のせいか、酔いもほとんど抜けている。広い胸に縋(すが)るようにしながら、木戸の敷居をまたぐと、なかは一段下がった土間になっており、冷たい革の匂いがした。

作業台が見える。切りかけの革がそのままになっていた。椅子(いす)が二脚。棚には靴の木型が並んでおり、見本のようなものなのか、男物の靴も一足、木型と並べて置いてあった。

（靴屋）

ジャンが生まれ育った場所。彼の生きてきた証がここにあるようで、どきどきする。

「どうかしましたか」

灯りで顔を照らされそうになり、ニナは横を向いた。

「なんでもないの。靴屋さんって珍しくて……あなたもここで修行をしたの？」

「小さい頃は。僕がいないあいだに両親が亡くなってからは、店を継ぐ人もいなくてこのままだったらしい。下にはなにもないので、二階へ……階段が急だが、のぼれますか？」

ジャンがランプを掲げ、後ろから照らしてくれる。梯子のような階段で、のぼるのは得意のはずだったが、慣れないスカートをはいているせいか足がもつれそうになった。なんとか転げ落ちずに二階に辿りついたものの、ジャンがあとからのぼってくるまでは、暗すぎて身動きがとれなかった。

まもなく、ぼんやりした灯りで周りが照らされる。

簡素な部屋だった。木のテーブルに、椅子が三つ。テーブルのそばに調理ストーブ。部屋の奥に窓と寝台。まさに、片付けようもないくらいに片付いていた。

ジャンがテーブルにランプを置き、辺りを見回す。

「寒くありませんか。いま、火を……」

ストーブのそばに薪入れがあったが、中身はほとんど空だった。ニナは呆れて笑う。

「ほんとうにここで暮らしているの？」

「ええ、いちおう。いろいろ手に入れなければと思うんですが、差し迫って必要がないものは後回しになってしまって」

「議事堂のあなたの部屋にあった木の破片、持ってきて燃やしちゃったらどう？」

「それがばれたらロジャースは嬉々として僕を縛り首にしますよ。国家の財産を横領した現行犯でね」

「ロジャースって、見た目もそんなによくないのに、どうしてあんなに偉そうになれたのかしら。世渡りが上手だったの？」

「あいつが上手かったのは演説です。王や貴族と僕たちが同じ人間だなんて、あの当時、誰も思いつきやしないことを言ってくれた」

「いまでは当たり前なのにね」

ジャンは不器用な手つきでストーブの窓を開け、わずかな薪のかけらを放りこんだ。細い枝を持ち、ランプの火を移そうとして立ちあがった手に、ニナが手を重ねる。

「ストーブはいいわ」

震えているのは、寒いせいではなかった。

「まだお酒が残っていて、暑いもの。つまり、ここがあなたのおうちなのでしょう？　私の『花籠の館』の小屋よりも広くて、住み心地がよさそう。ねえ、窓を開けてみてもいい？」

「どうぞ」

　窓があるのはベッドの側だった。ニナはテーブルを避けてベッドに向かったが、一家族が並んで寝るためのベッドの幅は意外に広く、背伸びしても窓に届かない。戸惑っているとジャンが後ろから手を伸ばして、窓を開いてくれた。涼しい風が頬に触れる。

　背中に重なった彼の胸から、鼓動が伝わってきた。

「僕の両親は、靴屋でした」

「……ええ」

「たいして腕がいいわけではありませんでしたが、真面目に、こつこつと……貧しいながらも食べていけるだけのものは積みあげてきていて、革命の思想には、反対でした。国王や貴族様と自分たちが同じなんて馬鹿げている、政治なんかにかぶれるよりも、真面目に働けと――……僕はそんな両親に反発して、十三歳を過ぎてからは家に寄りつかなかった」

　革命思想にかぶれ、ロジャースに傾倒し、そして……。

「……いろいろなことが起こりました。僕は正直、自分の手がロジャースよりもきれいだとは思っていません。良心に恥じる行いはしなかったと誓って言えますが、ロジャースだってたぶん、きっとそれはそうなんだ。過ちはたくさん犯しました。両親が早く亡くなったのも、『革命の英雄』だなんだともてはやされた一人息子が、罪を犯して首都から逃げたせいかもしれない。善良な人たちには耐えきれない重圧だったんだろう。ニナ、僕はていない。

窓を押さえていた手が滑り落ち、ニナの体に巻きつく。力強くて、温かいのに……優しい手つきだ。この手がどんな罪を犯してきたのだろうと、いま、ニナを傷つけようとはしていない。

ニナの耳元に、ジャンの唇が触れた。低く囁く声が、震えている。

「まだ、高潔に振る舞うことはできると思う」

「……」

「革命のとき、ある人たちに出会ってからおれは……僕は、彼らを見習って、自分自身も高潔でありたいと心がけてきました。あなたに信じてもらえるかどうかわからないが、今日まで女性に触れたことはないし、こんなふうに夜に、二人きりになったこともない。二十五歳にもなって笑われるでしょうが、僕は——……」

(はじめてだって言いたいの?)

そんなことをニナに言い訳して、どうしてほしいというのだろう。彼がうまくできるように導けと? 無理だ。

ニナだって、たぶんジャン以上に、男性どころか女性にだって触れたことは少ないし、もちろん、高潔ではない振る舞いの経験なんて、ないのに——……。

でも、誘ったのは自分だ。誘惑したのはニナのほう。かちこちに固まりそうな腕を動かして、包みこんでくるジャンの手を、そっと握り返す。指に指を絡めて、言った。

「高潔さなんて、糞くらえだわ」

「っ……」

ジャンの手に力がこもる。頰に唇が触れ、慄いて顔をあげると、光を宿す栗色の目がすぐ近くにあった。ジャンの目を見た途端に、魔法にかけられたように緊張が解け、ニナは力を抜いて目を閉じた。唇を覆う柔らかな熱でさえ、もう怖くはない。


怖さはなかったが、恥ずかしさはあった。

高潔さなど糞くらえ、と、自分自身に言い聞かせなければやっていられない。

こんな恥ずかしいこと……。

ジャンは、はじめてだと言うわりに、どこでやり方を覚えたのだろうと思うほど迷いがなく、積極的だった。多少の荒っぽさに痛みを覚えないでもなかったが、ニナは自分が挑発した手前、優しくしてなんて言えない。ただ、ベッドに横たえられそうになったとき、たぶん髪や体に染みついた煤が色うつりしてしまうだろうから、床で済ませたほうがいいと提案はしたのだが――ジャンが従ったのかどうか定かではなく、気づけば二人ともベッドの上で、裸で、汗だくの体を絡みあわせていた。

行為の途中でジャンがシャツを脱いだので、ニナは十字架を間近で見ることができた。

華奢(きやしや)な金の鎖につなげられた、ルビーつきの十字架だ……ただ、薄暗さのなか、揺れながらでは細かい部分まで確かめようがなく、もっと動かさないでしてくれなんて頼むことは、もちろんできなかった。

高潔さなんて糞くらえ……でも、最後の最後に、子供ができないように配慮してくれたらしいのは、彼の優しさゆえだろうか。

(糞くらえだわ)

ニナは自分自身を罵る。行為のあと、ジャンは緊張の糸が切れたように眠りに落ち、ニナも彼の腕を枕に眠るふりをしていた。ジャンの肌には戦場で負ったという傷痕(あと)がいくつもあった。でも、心臓の音は力強い。汗がひいたので少し寒くなり、ニナは体を起こすと、隅(すみ)で丸まっていた毛布を広げて彼にかぶせた。

雲がどこかへ消えたらしく、窓から月の光が射している。ニナの、ほどけた髪が裸の肩に広がり、いつもよりも淡い色に光を放っているようだった。汗で、灰が落ちてしまったせいだろうか。

月明かりに照らされたジャンの寝顔は、あどけなくて少年のようだ。ニナはそっと手を伸ばし、指先で鎖の端をつまむと、金具を外して静かに彼の首元から引き抜く。

月明かりではよく見えない。立っていって、テーブルのランプの明かりに十字架をかざした。

裏側に文字が彫ってある……目を凝らさなくとも、ニナはもう、そこになにが書いてあるのか知っていた。間違いであってほしい。けれど、指で辿る文字の綴りは――……ニナが無意識に唇を動かして紡ぐ言葉と、同じものだった。

「『親愛なるアンヌ＝マリー。神のご加護を』」

ニナは強く十字架を握りしめた。

第五章　すべてが悪い夢だったら

記憶なんていい加減なものだと、ニナは知っていた。ちゃんと果たしたつもりだったラザール親方のお使いを実は忘れていたこともあるし、三日前に大きなソーセージを食べたというのが夢だったこともあるし。

だから……寒い夜、薄い毛布のなかでぎゅっと体を縮めて、空腹を抱えながら見る夢が……どんなに鮮明であろうと、それは記憶などではないと、自分に言い聞かせてきた。

夢のなかのニナは天井の高い広いお城のなかにいて、ドレスを着たたくさんの大人に囲まれながら、お気に入りの子犬と遊んでいる。

ニナの母親は、白金の髪を見事に結いあげ、陶器のような滑らかな肌をした、美しい女性だ。

夢のなかでその母親は、不安げな面持(おもも)ちで侍女たちに囲まれている。祈るように組まれた手の隙間(すきま)から、華奢(きゃしゃ)な金の鎖がはみ出していた。ニナは子犬を抱きあげ、母親のもとに近づく。

――お母様、どうなさったの？

――おお、アンヌ＝マリー……。

不穏な雰囲気の夢であろうと、ニナにとって母親のそばは天国だ。良い匂いのするスカートに頰を預けるだけで、雲の中にいる心地になる。

――心配ありません。なにも不安になることはないわ。きっと神様がお守りくださいます……そうだわ、アンヌ＝マリー。あなたにこれをあげましょう。

ニナはなにが起こっているのかもわからず、怖がってもいなかったのに、母は震える手を広げて、温もった飾りをニナの手にのせてくれた。子犬がニナの腕から抜けだし、とことことどこかへ歩いていったが、ニナは手の中の飾り――小さな十字架に見入ってしまって、子犬どころではない。

純金の細かな装飾のところどころに、小さなルビーのはめこまれた十字架は、母親がいつも肌身離さずにいたものだ。こんな素敵なものを、わたくしに？　嬉しくも戸惑うニナの髪を、母親は優しく撫でながら教えてくれる。

――この十字架は、お母様が嫁ぐときに、あなたのお祖母様にいただいたものです。あなたのアンヌ＝マリーのお名前もお祖母様にいただいたのよ。可愛いアンヌ＝マリー……わたくしの、愛しい娘。たとえ神様が守ってくださらなくても、エルガードにいるお祖母様やお母様のお兄様たちがきっと助けに来てくれます。恐れることはありません。

──わたくしはなにも恐れてはおりませんが、フランソワが散歩に行きたがって落ちつかないの。お庭で遊ばせてきてはいけないのかしら。

──それはいけませんよ。いまはこの部屋でじっとしていなくては。外には……。

夢が途切れ、また別の夢の中で、ニナはお城の廊下に立っていた。辺りをきょろきょろ見まわしているのは、お気に入りの犬のフランソワが逃げだしてしまったからだ。侍女たちは母親の周りに固まって不安そうに泣くばかりで、ニナがこっそり部屋を出ても気づかないらしかった。お城の廊下は珍しいくらい人気がなかったが、下の階のほうでざわめく気配がする。昼間から舞踏会でもあるのだろうか？

──あ。

フランソワのちっちゃな尻尾が、廊下の端に見えた。ニナは駆けだす。

──ほら、待って。見いつけた……！

廊下の先は、大階段につながる回廊だった。尻尾をぱたぱたさせている白い子犬に飛びついたとたん、ニナはそこにいた誰かと正面からぶつかった。

──きゃっ……ごめんなさい。あなた、犬をつかまえてくださっていたの？

ぶつかったのは少年で……しゃがみこんで、フランソワの毛並みを撫でていたようだった。ニナはとりあえず謝ってから、見慣れない服装をした男の子をまじまじと見る。膝がむき出しのズボンに、茶色いベスト。庭師の格好に似ていなくもなかった。

――あなたは、どなた？

――おめえ、誰だ？

お互いの質問が重なった。少年の言葉は訛りが強くて聞きとりづらかったが、とりあえず名前を訊かれているのだとわかり、素直に答える。

――わたくしはアンヌ＝マリー王女です。この子はフランソワ。ずっとお部屋にいたくなくて逃げだしちゃっていたから、つかまえてくださって助かったわ。あなたのお名前は？

――おれは……。

少年ははっとして大階段を振り向いた。どやどやと大勢の人の気配がのぼってくる。少年は階段のほうとニナを見比べ、思いきったように手を伸ばしてニナの腕をつかんだ。

――きゃ……なにをなさるの？

――いいからおめえは、もといた部屋に帰れ。全部が終わるまでそっから出てくんな。みんな頭に血がのぼってて、おめえみたいなきれいなおべべを着ていたら、子供だってなにされるかわからねえ。おれたちは国王に用事があるだけで、王女なんか知ったこっちゃねえんだよ。わかったら、早く行けよ！

切羽詰まった様子で怒鳴りつけられ、おまけに廊下の奥のほうへ乱暴に押しやられた。無礼な少年はそれからニナを振り向きもせず、大階段のほうへ走っていって、

——こっちにはいねえ！　誰もいなかったよ！

などと叫んだりしている。ほんとうに失礼な子だと腹立たしかったが……同時に、大階段のほうから押し寄せてくる人たちの饐えた臭いが鼻をつき、

——国王を探せ！　王妃がエルガードに送った密書の申し開きをさせろ！　もしも王妃を庇うようなら、国王一家は王宮から追いだしてしまえ！

などという、意味のわからない恐ろしい言葉が聞こえてきたので、急いで踵を返す。

（あの者たちはなに？　怒っているようだけれど、どうして？　あの男の子は……もしかしたらわたくしを、あの人たちから遠ざけようとしてくださったのかしら？）

思い返して確かめようにも、ニナはその少年の顔さえろくに見ていないのだった。


無礼な少年に会った翌日、ニナと弟、それから両親はいつも暮らしていたお城を出て、すぐ隣の離宮に移った。身の回りの世話をしてくれる侍女を残して、大勢いた女官たちがほとんどいなくなってしまったのは気になったが、離宮はこぢんまりしているものの雰囲気が温かくて暮らしやすく、父も母もいつも見えるところにいてくれるので、まだ十歳だったニナは、新しい暮らしをすぐに受け入れることができた。ただ、

——国王陛下、並びに王妃陛下。狭い場所での暮らしにはご不満もおありでしょうが、この状況こそが、陛下が臣民の願いをくみ取った証。どうぞ、ご辛抱くださいますように

……。


　時おり離宮を訪ねてきては、父親にあれこれ話しかけていく男――ロジャースとかいう名前の、顔色の悪い、蛇のような雰囲気の男だけはどうにもいけすかなかった。

　ルビーのはまった十字架を、ニナは毎日首にかけていた。

　もとのお城の庭には行けなくなったが、離宮にも小さな花園があり、フランソワをそこで散歩させることができた。ニナと弟のルイ＝ニコラは毎日花園に出かけて、フランソワと追いかけっこをしたり、かくれんぼをしたりする。ルイ＝ニコラはまだ八歳で、王太子だというのに甘えん坊だった。いつも遊びのあと、ニナにねだって十字架を見せてもらうのが好きで、

　――ねえ、アンヌ＝マリーお姉様、十字架を見せて。

　ニナが首から外して手渡すと、光に透かして見入っている。

　――ルイ＝ニコラは十字架が好きね。聖職者にでもなるつもりかしら？

　――十字架じゃなくて、この真っ赤な石が好きなんだ。艶々して、見ていると体が燃えあがるようで、どきどきする。十字架のほうは、アンヌ＝マリーのお名前も彫ってあるところが好きだな。お姉様がこのなかにいるみたいで、嬉しいんだ。

　――わたくしはここにいるでしょ、ルイ＝ニコラ。

　ニナは呆れて、弟を抱きしめる。自分も抱っこしてもらいたいフランソワが、二人の足

元で可愛らしく吠えた。

——いいわ。その十字架がそんなに好きなら、あなたに預ける。あげるんじゃなくて、預けるだけよ——お母様に訊かれたとき、ルイ＝ニコラに貸したんですってごまかせるように。

——でも……これは、お姉様のお守りでしょう。

——いいのよ。わたくしよりもあなたのほうが背負うものは重いのだから、アンヌ＝マリーだけではなくてルイ＝ニコラにも『神のご加護を』。ただ、その代わり、わたくしたちはお互いに約束しましょう。どんなことがあっても、王族の誇りを忘れたりはしないと。よくって？

——……うん。でも……僕たちは、もう王宮には戻れないよ。お母様がお祖母様の国を頼ってクロノス王国に攻め込ませようとしたことで、国民たちは怒って、もうお父様とお母様を政治に関わらせないようにしている。いま、新しく集められた国民議会では、国王という地位の扱いをどうするかで貴族と市民の意見が割れているらしいんだ。僕は大きくなっても、国王にはならないのかもしれない。それでもなの？

——それでも、なのよ。王族という身分に生まれたわたくしたちが失ってはならないものは、民を愛する心と、国を守るという強い気持ち、そして高潔な精神だと、お父様が教えてくださったでしょう？　あなたも、わたくしも、決して忘れないようにしましょう

――……。

（そして、その後……わたくしたちは、離宮からエルガードへ逃げる途中に、市民の検問に捕まって……そして）

　朝日に照らされていく十字架を見ていると、次々と思い出が蘇ってくる。美しい思い出、楽しい思い出、温かな思い出……ただの煙突掃除人では一生経験し得ない、光に満ちた思い出の一つ一つを、胸のなかに蘇るたびにちぎっては投げ捨て、忘れていく。

「全部……ただの夢よ」

　一人ぼっちのかわいそうな娘が、心のなかでつくりあげた幻想だ。自分がもしも王女様で、お城で暮らしていたらどうだったろう、という……。いまこの共和国では王族に憧れるなんて重罪で、お姫様になる夢などを公言したら、査問会の呼びだしを受けること必定だから、忘れてしまったほうがいい。

　お腹が痛い。

　足の間がひりひりするし、喉も渇いていた。早いところ用事を済ませてしまったら、いったん『花籠の館』に帰って、休もう。泉で水を飲んでから……その前に、リリアーヌに借りていた服を返さなくちゃ……。

　ぼんやり考えながら歩いているうちに、目的地に着いてしまった。共和国議会議長ピエール・ロジャースの住居は、革命前から変わっていない、徴税役人の官舎だ。ニナがドアを叩くと、顔色の悪い老婆が出てきて取り次いでくれる。間もなく玄関に現れたロジャースは、寛いだ部屋着にガウン姿で、議事堂にいるときよりは人間らしく見えた。約束なしの訪問だったが、ニナの意図はすぐに察したらしく、ドアのなかに招き入れる。

「煙突掃除人か。目的のものは手に入ったのだろうな？」

「それをお渡しする前に、約束してください」

　強く言おうとするのだが、声が掠れてしまって力が入らない。老婆に飲みものを言いつけようとするロジャースを制し、ただ早口でまくしたてた。

「今後、ロジャース様の身の回りの世話をする役目に『花籠の館』の娘を望まないことと、私の親方のラザールをどんな罪にも問うたりはしないことを、書面にしてお渡しください。それが私の望む報酬です。それさえいただけたら、私も旦那様の望みのものをお渡しいたします」

「なるほど。『煙突掃除人のニナ』は、『花籠の館』に間借りしているという情報はほんとうだったか。よかろう――少し待て」

　ニナを玄関に立たせておいて、いったん住居の奥へ引っ込んでいったロジャースが、まもなく書面を手に戻ってきた。インクが乾ききっていない紙をニナに手渡す。なかにニナの要求通りの誓いが記されており、ロジャースのサインも入っていた。

「これでよかろう。それで、おまえの仕事は」

「……これ、…………です」

　ニナは握りしめていた拳を開いた。華奢な鎖が汗で湿り、絡まっている。ロジャースの指が十字架をつまみあげるとき、やめて、と叫びそうになるのを呑みこんだ。これがニナの選んだ道なのだから。ロジャースが目を細くして、十字架を見つめる。

「これが？」

「ジャン・コルビジエが持っていました……肌身離さず身につけているようでしたので、知り合いに、見た者もいるかもしれません。裏側に、王女アンヌ＝マリーの名前が彫ってあります。アンヌ＝マリーはその十字架を、王太子ルイ＝ニコラに預けていました」

「面白い。ルイ＝ニコラの遺品は靴も下着も奪い去られ、何一つ残ってはいないのだが、そのなかでもっとも価値のある宝飾品をジャン・コルビジエが盗んでいたとは。しかしこの十字架が、確かに王家のものだという証拠はあるのか？」

「議事堂にいくつか肖像画が残されていたでしょう。顔は潰されていましたが、王妃はいつもこの十字架を身につけていましたから、衣装の部分に描かれているかもしれません」

「ますます面白いな。ジャンを追いつめる材料は、ひとまずこれでよかろう。もともと王太子殺害の容疑に加え、その宝石を盗んで持ち歩いていたとなれば、やつを庇う者も口を噤むしかあるまい。ご苦労だったな、煙突掃除人――だが一つ訊きたいのだが、なぜおまえが王女や王太子の持ち物のことを知っている？」

「……噂話です。煙突掃除をしていれば、さまざまな思い出話が聞こえてくることもありますので」

「おまえは……今日は、煙突掃除人の格好をしておらんのだな。地味な衣服だが……肌も、議事堂で見たときと比べて、白い。その格好でジャン・コルビジエを誘惑したか？」

ロジャースの手が伸びてきて、ニナの頰に触れようとする。心を殺すのにも限界があり、ニナは身を捩って逃れた。

「私は、ただロジャース様のご依頼を果たしたまでです。もう済みましたので、これで失礼させていただきます」

「『これで失礼』？」

ロジャースが笑った。生白い顔のなかの、薄い唇が口角をあげると、まさに蛇そっくりの顔つきになる。相手の言いたいことがわからず、ニナは顔を背けた。身を固くしたニナにロジャースが近づき、耳元に顔を近づけて、囁く。

「おまえは今後も儂に仕え、儂のために働くのだ。『煙突掃除人のニナ』」

「……そんなっ……お約束をした覚えは、ありません」

「約束が必要か？　儂はおまえがジャン・コルビジエを篭絡し、やつの持ち物を盗んできたと知っているのだ。窃盗は、重罪だぞ。儂が一言査問会に教えれば、おまえはすぐに捕らえられて罰を受ける。おまえの親方は罪に問わない約束だが、弟子が盗みを犯したとなればそれなりの社会的制裁は受けような。それでも、儂には仕えたくないのか？」

　全身から血の気が引いていく。目の前がちかちかして、ロジャースの顔もよく見えなくなる。ロジャースがニナの髪をつかみ、灰色を指で擦ってから顔をしかめた。

「煙突掃除の煤は、この髪の芯まで染みとおっているらしい。この髪がもしもアンヌ＝マリー王女と同じ白金髪になるのなら、儂の家に置いて可愛がってやるのだが、惜しいものだ」

　もう抵抗する気力も湧いてこなかった。

＊

　自分は間違っていない。自分は、間違った道は選ばなかった、と、くり返し言い聞かせるしか、心を保つ方法はなかった。

　だってジャン・コルビジエはルイ＝ニコラの十字架を持っていたのだから。王女アンヌ＝マリーがルイ＝ニコラに預けた十字架を。素直だったあの子が、姉からの預かりものを人にあげたりするはずがない。だから、ジャン・コルビジエは間違いなく、ルイ＝ニコラから十字架を奪ったのだ。

それが彼の死ぬ前か、あとなのか、わかりようがないだけで……。

「なにが高潔よ……糞でも、くらえ」

ジャンは、自分が過去に過ちを犯したと言っていた。きれいな手ではないとも。それはロジャースの言った、『王太子殺し』の過ちだろうか？　だとしたらニナは、正しいことをしたはずだ。ロジャースを使ってジャンを破滅に追いやり、ルイ＝ニコラの仇を討つ。『花籠の館』のエリーゼもリリアーヌも今まで通りに暮らせるし、ラザール親方も無事。

「いいことずくめじゃないの……ねえ」

涙が涸れ、笑えるくらいにまで気力を取り戻してから『花籠の館』に帰った。

裏門のなかで待ちかまえていたリリアーヌが、泣きはらしたニナの顔を見るなりぎょっとして、

「ちょっ……どうしたの、その顔！　あんの、ジャン・コルビジエ、あなたに何をしやがったのっ？」

「なんでもないの。ジャンとのデートは楽しかったわよ。それよりもリリアーヌ、これ」

「なんでもないって顔じゃないでしょうに。……なによ、これ？」

「あとで見て。フォンティーヌに渡して」

リリアーヌに手渡したのは、ロジャースに書かせた念書だ。リリアーヌはすぐさま中身に目を通して仰天し、どうやってこれを手に入れたのか根掘り葉掘り聞きたがったが、ニ

ナはともかく眠たく、あとで説明するからと許してもらって、自分の小屋に帰った。

数時間、夢も見ずにこんこんと眠り、目が覚めたとき日はすでに高い。

リリアーヌに借りた服を着たままだったので、急いで脱いで畳み、いつもの煙突掃除用の衣服に着替えた。

小屋の戸口に食事が置いてあったので、ありがたくいただく。スープには肉の切れ端がたくさん入っていた。

庭園に娘たちの姿はない。みんな館のなかで働いているのかもしれない。ニナもいつも通り道具とバケツを担いで、通りに出ていく。

共和国通りに出る前の道筋で、頭の上から声をかけられた。

「ちょっと、ねえ、そこの『煙突ちゃん』！」

「はい、なんでしょう、奥様」

前に仕事を頼まれたことのある家の婦人だ。ニナが愛想よく返事をすると、婦人は隣の家を指さして、

「うちはいいんだけど、お隣さんがね。この頃煙が多くて、こっちまでいぶされちゃって困るのよ。よかったら見てあげてくれない？」

「かしこまりました。ご紹介ありがとうございます」

一軒の屋根にのぼって煤を掻き落とし、次の家では吸気口の詰まりを取ってやり、また

次では、煙突のなかに入りこんだ小鳥を追いだす手伝いをした。

黙々とこなす仕事は楽しく、働いているあいだは、煙突以外のことを考えずにいられた。

共和国通りに出て、次に行く通りをどこにしようかと考えていると、道行く人たちの噂話が聞こえてきた。

――聞いたか？　査問会がジャン・コルビジエを捜しているって……。

――王太子の十字架を盗んだ疑いだそうだぞ。それどころか十年前、幽閉中だった王太子を殺害した疑惑もあるんだそうだ。信じられない極悪人だな……。

――『革命の英雄』の首が切られたら、いよいよロジャース議長の地位は盤石か……選挙なんてもう形ばかりで、ロジャース議長が王様みたいなもんだな。

（怖い）

人の噂が怖い。声が怖い。悪意のない噂話がかたまりになってニナに襲いかかってくる。

ジャン・コルビジエは悪人ではない。王太子殺害の疑惑なんて、なにかの間違いだと誰かが言ってくれたらいいのに、そんな話はどこからも聞こえてこなかった。『革命の英雄』も堕ちたもの。当時はまだガキだったのに、ひどい悪人だ。査問会の審議を経るまでもなく、すぐに裁判が行われて処刑が決まるだろうよ……。

そしてロジャースが、王になる。

いくつか煙突掃除人を呼びとめる声も聞こえたが、ニナは足を止める勇気が持てなかった。立ちどまって、ジャンを責める噂話を聞かされたらどうしよう。そうなんですね、ひどいですね、『革命の英雄』のくせに、なんて悪いやつなんでしょう、ええロジャース様はすばらしい……なんて、言えない。だってニナはロジャースが大嫌いだし、昨夜、ジャンはニナに、とても優しかったのだから。

心がばらばらになりそうだった。

共和国通りを横切り、人のいる道を避けてひたすら歩いていくと、手入れの行き届いた並木道のある通りに出た。通り沿いに建物はあまりなく、きれいな緑の植え込みの向こうに畑が作られ、その先に、教会と、大きめの貴族の館のような建物が並んで建っていた。

石畳に、白墨で描かれた通りの名前を見つけて、納得する。『タンプル通り』——修道院や尼僧院や、墓地が多く並ぶ通りだった。

修道院にも煙突はあるが、よく手入れされているらしく、きれいな煙がたなびいていた。祈りの時間なのか、どこかから聖歌が聞こえるような気がするものの、建物の外に出ている人はほとんどおらず、通りを歩く人もいない。静かな場所だった。

（タンプル通り……タンプル通り……）

最近、この通りの名前をどこかで聞いた。リリアーヌ、ではない。ロジャースでもなく、ジャンでもないはずだった。あちこちからいろいろな噂を聞かされすぎて耳が腐り落ちそうだったが、頭のなかにちゃんと残しておいたのは、ニナにとって重要な情報だったたから。『東区のタンプル通り、十七番地』……ラザール親方が言っていたこと。

――もし――ジャン・コルビジエを信頼できないと感じて、やつの正体を知りたくなったらいまの住所を訪ねてみるといい。

おかしな話だ。ジャンに王太子殺害の容疑がかかっているのだと、最初に教えてくれたのは親方なのに。

ニナは今さら、ジャンの正体を知りたいとは思っていなかった。ただ頭が痛いし、なにもかも忘れてしまいたくて、ひたすらどこかで休みたい。『花籠の館』に帰れば、念書のことを訊かれる。ラザール親方のもとへ行ったとしても、この先ロジャースに使われることになったなんて言えるわけがない。もはやニナには、どこにも居場所がなかった。

(十七番地……十七………ここ?)

そこは、高い鉄の柵に囲まれた……廃墟のように見えた。柵は棘のある蔦に覆われ、門には錠がかけられている。蔦の一部に潰れているところがあり、隙間からなかの様子をうかがえたが、庭らしいところも細い木々が生い茂っており、人が暮らしている気配はなかった。

「こんなところに……親方ったら、いったい、なにがあるっていうんですか」

少しおかしくなって、門をつかみ、揺らしてみる。錠はしっかりしていそうだ。ニナは柵を見あげ、背中から仕事道具を下ろすと、梯子をかけて上までのぼった。てっぺんに足をのせて梯子を持ちあげ、反対側に降りる。敷地に踏み込むと、枯れ草がさわさわ音をたてた。

草の間に、人が通れそうな道ができている。誰か管理する者がいるのだろうか？

建物に近づくと、入り口のそばが車寄せになっていた。でこぼこになっている石畳をつまずかないように歩いていくうち、ふと立ちどまる。塀と柵を振り返り、塔のある灰色の建物を見あげたとき、胸の奥に、鉛を詰めこまれたような息苦しさが起こった。

（ここ……私……、知っている……）

来たことがある。内側から外の門を見たのは、二回きり……連れられてきたときと、連れ出されるときだけだが、絶望的な気持ちで見あげた景色を忘れたりはできなかった。

かつて国王一家が、離宮からの逃亡の失敗の後、幽閉された塔だ。ここから国王も王妃も処刑台に送られたし、ルイ＝ニコラもこのなかで死んだ。そしてニナが、思い出のなかからも永遠に消し去りたかった場所だった。

（なぜ、ここを訪ねろ、なんて……ラザール親方は、私が……私が、アンヌ＝マリーだなんて知らないはずなのに……）

十年前、ブルー川の下流に流れついて、気を失っているところをラザール親方に助けられたとき、ニナはすでに髪が短く、身元を示すものもなにも持っていなかった。自分自身のどこを見ても元王女だったことを示すものはなにもなく、

（髪は魚に食べられちゃったのよ。服も、流されるあいだに脱げたの。きっとそう）

ニナにとってはそれこそが『神のご加護』だった。自分はどう見てもアンヌ＝マリー王女ではなさそうだし、親切なラザール親方はなにも訊かないでいてくれる。しかも彼が煙突掃除を生業にしていると知ったとき、ニナはこれこそ天啓だと決めつけて必死に頼み込んだのだった。

――わたくしも煙突掃除のかたになりたいです。どうかあなたの仕事を手伝わせてくださいませ……っ。

――……構わんが、とりあえず俺が許すまでは人前で喋るな。呼び名は、アン……ニナでいいな？

（……もしかして、ばればれだったのかしら）

建物に視線を戻す。元は修道院だったのか、アーチの重なった石造りの入り口は一つしかなく、石と同じ色の木の戸で塞がれていた。上階の窓もどれも鎧戸が閉まっていて、なかはうかがいしれない。

（窓から入るのは無理そうね……もっと上から行けるかな？）

真下からではよく見えないが、塔の上に煙突があるような気がした。梯子をかけられる場所があれば、なんとかなるかもしれない。

煙突掃除の道具を担いだまま、建物をぐるりと回ってみることにする。

誰かが踏み固めたあとの道を歩きながら、考えた。

（もしかしたら親方は、私が王女だったのかどうか自分に確かめさせたくて、ここを訪ねてみろと言ったのかもしれないわね。不用意に議事堂に関わったりロジャースに近づいたりして、危険な真似ばかりしていたから）

だけど、ニナは……こそこそして生きたいわけではなかった。思い出は捨てた、名前も捨てた、身分の証となるものはなにもないし、煙突掃除人として独り立ちもできている。

だとしたら――ニナは、ニナではないか？　自分自身に誇りを持って、生きたいように生きてはいけないのだろうか。会いたい人に会い、好きな人に会いに行って、デートもして、その結果が……。

かさ、と音がして、目の前の茂みが割れた。ジャン・コルビジエがふいに目の前に現れたので、ニナは自分が夢の続きにいるのかと錯覚したくらいだ。

「ああ、ニナ」

いつも通りのツイードの上下を着ているが、寝ぐせのひどいジャンは、ニナを見るなりほっとしたような笑顔になった。

「ここに来てくれてよかった。しばらく待っていたんです。場所はわかりましたか？　おれは梯子を持っていないので、あの柵を越えるのに難儀して……」

にこやかに話すジャンの胸元に視線が吸い寄せられてしまう。どんなに目を凝らしたところで、華奢な金の鎖は見つけられなかった。つまりこれは、悪夢の続きだ。

「どうしましたか？　ニナ、顔色が……」

身を翻し、逃げだした。ニナ、進もうとした方向が獣道と少しずれていたので、枯れ草に足をとられてもつれる。転びかけたニナをジャンが後ろから捕まえ、抱きとめてくれたが、ニナがなおも前に進もうとしたので二人して枯れ草のなかに倒れ込む。

「ニナ！」

「やめて、放して、いや……いや！」

自分はジャンになにをしたのか？　殺されても文句は言えない。怒りをぶつけられるならまだしも、ジャンの様子がいつもと変わらないのが恐怖だった。彼がまだニナの裏切りを知らないのだったら、知られる前に死んでしまったほうがまし。

「やめて、お願い、私に触らないで……！」

泣きそうな思いで懇願しているのに、ジャンはその願いだけは聞かなかった。ニナが暴れるせいで飛び散る枯れ草の穂のなか、そっと彼の胸のなかに包みこんで、同じ言葉をくり返し言う。

「落ちついてください。なにもしませんから、大きく息を吸って、吐いて……しー……」

「……」

ニナが子供じゃないと知っているくせに。子供のように扱うのはやめてほしい。

暴れていられなくなり、ニナは小さな声で訊ねた。

「どうしてここがわかったの」

「あなたの親方が教えてくれました」

ジャンは恥ずかしそうに言う。ニナを包みこむ腕に、少しだけ力がこもった。

「今朝、目が覚めたら、あなたがいなくて……おれは昨夜、自分に都合のいい夢を見ただけなのかもしれないと絶望しそうになりましたが、一昨日おろしたばかりのシーツにニナの大きさの煤のあとがくっきりついていたし、それから……血も」

（そんなの、教えてくれなくていい！）

「おれが下手だから、あなたをひどく失望させてしまったのかもしれないと心配になって、起きるなりすぐイシュー通りのラザールのもとに行ってみたんだ。そっちのほうが近かったし、あなたは仕事に出かけたのかもしれないと思ったから。だけどニナは来ていないと言われて、その上で」

——議事堂には近づかないほうがいい。自分の家にも戻らないのが賢明だ。査問会が兵隊を引きつれておまえを探しているからな。

——ロジャースの差し金でしょうかね。おれがそうなる想定はしていたからいいんですが、ニナは？　まさかロジャースのもとに囚われたりしているんじゃ。

——まだ、それはない。時間の問題かもしれんが……さっき『花籠の館』のフォンティーヌがここに来た。ニナは昨夜も、おまえと一緒だったそうだな？

――そうですが、それが？

――歯を食いしばれ。

「……思いっきり殴られましたよ」

なにがおかしいのか、ジャンはくすくす笑っている。どうしても気になって、上目遣いにうかがうと、確かにジャンの左頬は腫れてしまっていた。

「大事な娘に手を出したやつには、当然の仕打ちだって言ってね。ほんとうにあの人は、あなたを大切に育ててきたんだな。二発目も殴られそうになりましたが、それはさすがに避けて」

「……いい加減にして！」

ニナは両手を突っ張り、ジャンを押しのけた。大した力ではなかったろうに、ジャンは腕の力を緩めて、放してくれる。散らばった仕事道具のなかで後ずさりしながら、ニナはジャンに告白しようとした。

「私を心配するふりなんて、しないで。査問会があなたを追っているなら、それは私のせいだってわかっているんでしょう？　あなたが胸につけていた十字架……なくなっていることに、気づいていないの？」

「十字架？　ああ、それなら」

　ジャンは胸元に手をあてる。手探りでなにもないのを確かめたらしく、わずかに浮かべた笑みは、ほっとしているようでもあった。

「あれなら……もともと預かりものだったので。元の持ち主のもとに返って、それがなにに使われようと、おれがどうこう言える問題ではないし」

「元の持ち主って、なによ。あれは王太子のルイ＝ニコラのものよ。あなたはルイ＝ニコラからあれを盗んで……」

「おれはルイ＝ニコラに十字架を託されたんだ。ある言葉と一緒に、姉に返してほしいと」

「ある言葉……？」

「『アンヌ＝マリー。神のご加護を』」

　ジャンの目はニナを映していた。枯れ草と、ニナだけ。帽子はどこかへ飛んでいってしまったが、髪は午前中の仕事のせいでまた灰色が濃くなっていたし、顔だって汚れている。

　こんな自分を王女だなんて気づく人が、いるはずないのに。

「どうして……あなたは、本物のアンヌ＝マリーなんて、見たこともないでしょう？」

「見たことは、あるよ。何回か。でも明るいところでちゃんと見たのは一度きりだ。『王宮への行進』のとき、乗りこんでいった城のなかで犬を探しに来た女の子とぶつかって」

（犬……フランソワのこと？）

　塔への移送の際、可愛がっていた子犬は取りあげられてしまった。王宮のなかでいつも大事にされていた頃、アンヌ＝マリーがひとにぶつかった記憶は一度だけ。たぶん革命の大騒ぎのとき……庭師のような男の子と。

——おめえ、誰だ。

——わたくしはアンヌ＝マリー王女です。

「本物の王女は、真っ白で、きれいで、小さくて……まるで妖精みたいだった。同じ人間だなんて、とても思えるものじゃなかった。平等なんてあり得るのかなんて疑問を抱いたところで、『行進』の勢いを止められるわけがなくて、そのうちおれもまた、革命の熱に取りこまれていったし——……」

その過程で、なにが起こったというのか。なぜ、ルイ＝ニコラに十字架を託されたなんて嘘をつくのだろう。『神のご加護』なんて言葉、裏に刻まれているのだから、その通りに読んだだけ。騙されまいと唇を引き結ぶニナを、ジャンが眩しそうに見た。

「……『花籠の館』で髪を梳かすあなたを見たとき、まさか、と思ったよ。おれも本心では、アンヌ＝マリーは川で死んだと諦めていたらしい。名前はニナで、煙突掃除人だと聞いてほっとした。おれと同じ労働者なら触れられるかもしれないからさ。でも……あの煮込みを食べた酒場で……」

はじめて一緒に食事をしたとき？　なにかまずい真似をしただろうか。

震えるニナに、ジャンが手を差しのべる。ためらうと、強引に手をつかんで立たされた。

つなぎあったところから伝わる温もりが、こんなときでも懐かしい。いったいどうしてニナは最初から、ジャンに触れられるとほっとするのだろうか。

ジャンはニナの手を引き、廃墟に向かって歩きだした。

「どこへ行くの？」

「あなたはおれが、ルイ＝ニコラを殺したと疑っているんだろう？　それはある意味、間違いじゃない。おれはルイ＝ニコラを救えなかった。この建物には、あの人がどんなふうに最期のときを過ごしたのか、痕跡が残っているはずだ。おれはあなたが知りたくても知りようがなかったことを、教えてあげられる。あなたの弟……王太子が、ルイ＝ニコラがどうしておれに十字架を預けて、どんなふうに死んだのか」

「あの子は……ほんとうに死んだのよね？」

「ああ。……まさか、生きていると思っていたのか？」

「遺体も遺品もなくて、死んだところも見ていないのよ。もしかしたら、と思ってはいけないの？」

「……ここから、なかに入れる」

ジャンが示したのはちょうど建物の真裏にあたり、壁に囲まれて目立たない入り口だった。

鍵がかかっていたのかもしれないが、強く押すと、鈍い音とともに開く。なかは、天井が低くて暗い土間だったが、明かり取りの穴からうっすら光も射していた。

「ここは使われていない修道院だった。国王一家の幽閉先に選ばれたあとも、最低限の家具が運びこまれたくらいで修理なんかされちゃいなかったから、当時からあちこちボロボロだ。入ってすぐが見張りの待機所。見張りは炊事番も兼ねていて、そこのかまどで国王一家の食事もつくっていた。はじめの頃は市民の差し入れもあったけれど、国王が裁判にかかって処刑されたあとは、それもなくなった」

淡々と説明しながら歩くジャンは、さぞ優秀なロジャースの手下だったのだろう。

「なぜお父様は……処刑されなければならなかったの？」

「最初はそんなこと、誰も考えつかなかった。市民が王様を裁くなんて、まさかだろう。だけど王妃が母国のエルガードに軍の派遣を頼んでいた証拠があるのに、国王は王妃を庇い、王妃の罪は自分の罪だと言ったんだ。それでもまだ誰も決められなかったときに、ロジャースが」

——敵国出身の王妃をそのままにしておいたら、いつまたエルガードと結託して、我々の国を危機に陥れるか知れない。そしてこの国王という男は、無辜の民を大勢殺そうとする妻の企みを止められる立場にありながら容認し、クロノス国を滅ぼしかけたのです。その罪はあまりに重い。

ニナも、『王宮への行進』が起こった直接の原因が、王妃が母国を使って戦争を起こそうとしたせいだと知っていた。けれど思わず、母親を庇わずにいられない。

「お母様は外国の人だったのよ。実家に手紙を書くのが、そんなにいけなかったの？」

「王政反対派のデモを抑えこむためだけに、エルガードの軍を使おうとしたんだぜ。それは許されることじゃないだろう」

ジャンはきっぱりと言ったが、ニナが落ち込む気配が伝わると、声を優しくして、

「おれだってもっと他の手段があったらよかったと思う。だけど国王も王妃も市民による裁きを受け入れて……おれは間近で処刑を見たけど、立派な、最期だったよ。王っていうのはこんなふうに死ななきゃならないのかっていうくらい、立派だった」

それはニナも聞き知っていた。国王は処刑台で、『私の血がこの国の、新たな礎になるように』と言ったという。最期まで国を愛し、誇り高く――……。

涙が止まらなかった。ジャンは、しゃくりあげるニナの手を手繰り寄せて、狭い階段をのぼらせる。

「国王夫妻を処刑したあと、残された王太子と王女をどうするかっていう話になった。王妃は許せなかった市民たちも、国王の処刑には眉をひそめるやつだって少なくなかった。このうえまだ子供の王太子を殺したりしたら、革命に疑問を抱く市民が出てくるんじゃないか――……と、おれがロジャースに言ったとき、やつはこう答えたよ」

――生かしたままにしておくほうが、よほど残酷だと思うがね。

——どういう意味ですか、ロジャースさん。

——言葉通りの意味だが……確かにジャン君の言うとおり、王太子の身柄がこちらの手にあるうちは王政派も表だって反抗はできまい。人質として使えるうちは使い、そのあいだに粛清(しゅくせい)を進めるのがよかろうな。

ロジャースは本物の悪魔だ。ニナはロジャースに触れられた髪を切って捨てたくなったが、ジャンもそれに近い思いらしく、

「そのとき……はじめて、真剣に悩んだんだ。おれたちはほんとうに正しいことをしているのか、って」

そのときもうジャンは十五歳。もう純粋な子供ではなく、ロジャースの弁論術の魔法も解けて、自分で考えられる年齢になっていた。

「おれはロジャースの信頼を得ていたから、頼み込んで、王太子の世話をする役に加えてもらうのは難しくなかった。それまではあえて近づかないようにしていたんだ……国王一家の幽閉場所、なんて、見たところで、逃がしてやれるわけでもなかったから」

ジャンの頭にひっかかっていたのは、王宮で会ったアンヌ＝マリー王女。さすがに王位を継げるわけでもない少女を処刑する話は出ていなかったから、会いに行かなくても、生きているのだと思うだけで安心できていた。ともかく暖かい場所で、食事が出て、世話をする人間がいさえすれば大丈夫だろうと。

二階は天井の高い廊下だった。上のほうにあるステンドグラスから、くすんだ光が洩れてくる。ニナはわずかな記憶に吸い寄せられて、一つの扉の前で立ちどまる。分厚い木の板に鋲が打ちつけられた、大きな扉だ。ジャンがそばに立って教えてくれた。

「国王夫妻とあなたが幽閉されていた部屋だ。……なかを見るか？」

ニナは首を横に振る。

「ここではないわ。ルイ＝ニコラは、ここにいなかったもの」

最初の数日間は家族が一部屋で暮らせていたのに、やがて国王と王妃、王太子がばらばらに連れ出され、アンヌ＝マリー一人があとに残った。アンヌ＝マリーのその後についてはニナがよく知っている。ジャンに訊きたいことなどない。

「……ラザールはあなたが川に落ちたせいで記憶を失くしているのではなくて、たぶん、ものすごい強い意志で、王女だった自分を夢だと思いこもうとしているのだろうと教えてくれた。アンヌ＝マリー……それとも、ニナ？」

「どっちでもいいわ、今は」

「これから見せるものをあなたは永遠に忘れられないと思う。忘れようったって無理だ……来てくれ」

いつのまにか、つないだ手が離れている。ジャンがそばを離れ、先に立って歩きだしたので、ニナは焦って後を追った。薄闇のなかで彼を見失ったら、ここから出られなくなってしまいそうで。

「待って……そんなに急がないで」

廊下の突き当たり。壁しかないように見えていたところに、一人がようやく通れる幅の階段があった。

「どこへ行くの。その上に部屋なんてないわ」

「ある。王太子が監禁された部屋だ」

「嘘よ。だって、こんな狭い……なにもない……恐ろしい……」

階段の先は暗く、窓すらなさそうだ。ジャンが闇に吸い込まれていく。ニナは這うように後を追ったが、突き当たった場所で、ジャンが扉のようなものを蹴りつける音を聞いて転がり落ちそうになった。

「なにをしているの……っ」

「戸板を、遺体を運ぶときに使ったんだ。そのあと出入り口を板で打ちつけて塞いで、そのままだ。……ニナ、見て」

「いや……」

ジャンの声しか聞こえない。彼が見ろというのは、もっと深い闇だ。

「見てくれ、頼む」

「いや！」

ジャンがニナの肩をつかみ、無理やり階段の上に引きずりあげた。体を押さえつけ、入り口に立たせる。

そこは……四角い穴だった。大人が四人も入ればぎゅうぎゅうになってしまうような、四角い白い部屋。

天井近くの壁に、空気を取りこむための狭い穴がある。明かりが差してくるのも、そこだけ。

「罪を犯した修道士が、懺悔(ざんげ)のために入れられる部屋だったそうだ」

小さな椅子(いす)が一つ、石の床に転がっていた。

「ここに……ルイ＝ニコラが入れられたっていうの？」

「そう」

「ベッドは？　食卓は？　……暖炉は」

ここにはなにもない。与えられなかったのだ。ニナにはわかる。毛布に虫が湧いても新しいものさえ貰(もら)えない。暖炉もなかったのなら、ルイ＝ニコラのもとに――『煙突の妖精さん』は、来なかった。

「あなたたちは、人間じゃないわ」

怒りを通り越して、心が冷えきる。ただ、涙が止まらない。

「革命のときまだ八歳だったあの子が、どんな罪を犯したっていうの。ここに入れられたときだって、十歳にもなっていなかったはずよ。お父様やお母様や私から引き離されても、せめて、暖かい場所で……人間らしい扱いをしてくれていたら、私はあなたを許せたかもしれないのに！」

「ニ……」

「触らないで、無礼者！」

ジャンの手を振り払って、部屋に飛びこんだ。小さな椅子を抱きしめる。

「あなたなど大嫌いよ、ジャン・コルビジエ。十字架を盗んだことを後悔したのが馬鹿(ばか)みたいだわ。なにが『革命の英雄』よ、高潔なふりよ、あなたは子供殺しの悪魔だわ！　人殺し！　二度と顔も見たくない、あなたなんて大嫌いよっっっ！」

ジャンが身じろぐ。近づいてこられそうになって、ニナは身を退(ひ)くが、ジャンは行き場を失くした手を下ろし、

「許されるなんて、思ったことはない」

呟(つぶや)く。

「許されようと思ったこともない。おれたちはあのとき、やらなきゃならないと信じた道を選び、大きな流れを誰も止められなかった。ここの世話を任された連中だって、もとは気のいい市民だったんだ。ただ、王太子の世話なんてものが、重荷すぎただけで」

それが、人間以下の扱いをする理由になるとでも？

「……優しい言葉なんてかけたら、王政派だと疑われて殺されるかもしれない。王も王妃も処刑されて、王妃に荷担していた貴族たちもどんどん処刑されていくのに、おれたちだけは無事で済むなんてどうして信じられる？　そうでなくても、ルイ＝ニコラは立派すぎて、美しくて、高潔で……本来なら、爪先にだって触れられないような存在を大切に扱わずに世話しろなんて、無理だったんだ。連中には」

言い訳なのか。どうしようもないことを押しつけられた市民の気持ちを思いやり、彼らを許せというのか。でも、ジャンは平気でニナに触れていた。

「あなたには……無理じゃなかったんでしょうね」

「言い訳はしたくない」

苦しそうな声なんて、きっと演技だ。

「おれも、ルイ＝ニコラになにもできなかった。それが事実だ。そしてあなたの正体に勘づいていながら、気づかないふりをして……抱いた。すべてが明らかになったとき、あなたが傷つくのがわかっていてそうしたんだから、望み通りの罰を受けるよ。あなたにはそうする権利があるから」

「私が知りたいのは事実よ、ジャン・コルビジエ」

心が冷えきり、涙が乾いた。最後の一粒が頬を転がり落ちる。

「あなたなど大嫌い。でもあなたが、ルイ＝ニコラの最期を知っているというなら――教えなさい。あの子がこの世を憎んで死んだのか、どうか」

氷のように冷たい椅子が、弟の亡骸（なきがら）のようだった。かじかむ手で椅子を抱きしめていると、ふと温もりが近づいてきて、ニナと椅子とを覆う。

ジャンが彼の上着を脱いで、ニナに着せかけていた。しゃがみこんで語りかけてくる声は、いつもの彼のままで、

「そのことだけなら、心配しなくていい。ルイ＝ニコラは誇り高かったし、高潔だった。あの人が最期まで気にかけていたのは、あなたのことだけだ」

昨夜の温もりと香りを思いだす。ニナはジャンを見あげた。

「……聞かせて」

ジャンは白い息を吐いて、話し始めた。

＊

国王夫妻の処刑を、ジャンは誰よりも近くで見ていた。ロジャースの隣にいたからだ。
首切り役人の前にひざまずくとき、国王が目の前の少年を見つけ、笑いかけたのは見間違いではなかったと思う。だって、
──私の血が、いい、きみたちの国の新たな礎になるように。

あの言葉は、きっとジャンに向けられたものだったから。

国を売ろうとした王妃と、王妃を庇った国王の処刑。ここまでは理屈で仕方がないと受け入れられたが、王太子を人質に使うというロジャースの考えはどうにも納得できなかった。

国王と王妃がいなくなってからは、みんなで力を合わせて新しい国をどうするのか考えていくべきじゃないのか？

ロジャースは、彼の意見に賛成しないものを王政派と呼んで議会から排除したあと、彼の望む改革を次々に実現していく。貴族制度の廃止、元貴族の財産の没収、元貴族への兵役の義務付け……すばらしい成果のような、気もした。身分がなくなり、人々が平等な国がつくられていく。でも、

――ルイ＝ニコラは人質だ。王太子がこちらの手にある以上、王政派も表だって歯向かえまい。

なにか間違っていると思っても、間違いの意味がわからない。もやもやした気持ちの理由を自分で知りたいと思ったから、ロジャースに願い出たのだった。元王太子ルイ＝ニコラの世話をしてみたいと。

王太子と王女の幽閉場所は、公（おおやけ）には秘密だった。教えられて辿りついたのが廃墟のような建物だったので、ジャンは愕然（がくぜん）とした。

——ここに、……例のガキたちがいるってのか？

王太子様、王女様、などとは呼ばない。そう呼ぶのが危険なことくらいは理解していた。

——おお、革命の坊やじゃねえか。おめえも難儀な仕事を押しつけられたな。

——ガキは、どこにいるんだ？

——塔のてっぺんだよ。臭くて誰も近づきたがらねえや。

臭い？　どういう意味だ？　嫌な予感ばかりする。ジャンが王宮でぶつかった王女は、花のようにいい香りがしたのに。

上階の廊下に見張りが立っていて、そこには王女一人が残っていると教えられた。扉の前に立っているのは、いい体つきをした金髪の男で、半年ほど前に見張りとして雇われて以降、仕事中はそこから動かないのだという。

——あいつはもともと、煙突掃除が生業だってよ。人づきあいが悪くて、話かけてもロクに返事もしねえや。放っとけ、おめえの仕事は、こっちだろ。

ごく狭い階段を見つけて、のぼっていく。暗すぎる。饐えた臭い。戸らしきものを開ける前に、世話役の男が扉に耳をあてた。微かに聞こえてくるのは——歌声らしい。

——歌っているのか。呑気なもんだ。

ジャンはややほっとしたが、男は、

——よし、まだ生きてるな。

わけのわからないことを言って、扉の鍵を開いた。

ジャンは、なかから流れだしてきた空気を嗅いだだけで、吐きそうになった。

真っ暗な狭い部屋に、一つきり灯されたランプ。椅子に座った少年が窓のほうを向きながら、掠れた声でひたすら歌っている。排泄物を入れるらしきバケツが、そのそばにあった。

ジャンが立ちすくんでいると、少年がちらっとジャンを見るが、歌い続ける。

声が掠れていた。水差しが床に落ちているが、拾いあげてみると、空だ。

——あの、おれ……。

世話役は、ジャンの手元を見ると、嫌そうに手を振った。

——ああ？　水か？　……ちっ、井戸なら下だ。食事は一日一回、ほかはなしだ。ガキにはずっと歌わせとけ——生きてるかどうか、それでわかる。話しかけたりなんか、するんじゃねえぞ。

とりあえず頷くしかなく、ジャンは水差しと、汚物入れのバケツを持って外に出た。

足早に階段を下り、窓の外に汚物を投げ捨てる。それから待機所まで戻って水を汲んでくると、再び王女の部屋の前を通って階段に向かったが——のぼりきる前に、怒鳴り声が響いた。

——ずっと歌っていろという言いつけを破るんじゃねえ！　このろくでなしが！

椅子の倒れる音。まさか、子供を殴ったのか？

――簡単な言いつけも守れねえんなら、今日の食事はなしだ。明日まで椅子に座ってろ、横になったりするんじゃねえぞ！

いったいここは、なんだ？　あの人はいったい、なにをしているんだ？

元王太子とはいえ、年端もいかない子供だ。あんな部屋に閉じ込められて、椅子に座らされているだけでも拷問だろうに、その上痛めつけたりして、どうしたいというのか。

ジャンは世話役の男がいなくなるのを待ってから、階段をのぼった。扉は開いたままで、微かな歌声が聞こえる。革命の歌だ。狭い部屋のなかで、少年は、もとのままの姿勢で掠れる声で歌っていた。ジャンは落ちていたコップに水を注ぎ、少年に差しだす。ガラス玉のような視線をくれたルイ＝ニコラに、

――歌わなくていい。飲めよ。

――……。

ちらりと戸のほうに揺れる目線。ジャンは立っていって扉を閉めた。

――外は気にしなくていい。おれは今日からあんたの世話役になった、ジャンだ。

ルイ＝ニコラは震える手でコップを持ち、こぼしながら水を飲んだ。それで喉は潤ったらしいが、押し黙ったままだ。ジャンは自分のポケットを探り、昼食で食べ残したビスケットのかけらを見つけたので、

――食うか？

ジャンが差しだしたビスケットを、ルイ＝ニコラは震える手で受けとる。小さくちぎって口に運ぶ所作に見惚（みと）れていると、彼がはっとしたように、両手で持って齧（かじ）りつこうとしたので、

――普通に食えよ。あいつらになんて言われたのか知らないが、気にしなくていいっつったろ。

――……。

手を下ろし、また小さくちぎって食べはじめる。小鳥が餌（えさ）をついばむようだ。あまりに長く時間をかけるので、黙っているのに耐えられなくなり、

――食べたら……椅子から降りて、横になっていい。

それしか言えなかった。

――あんたに座ったままでいろなんていう命令、議会の誰も出しちゃいねえんだ。世話役は交代制だから、おれは、毎日は来れないかもしれねえが……明日はミルクを持ってくる。他のものは約束できねえけど。おれたちだって、そんなに楽な暮らしができているわけじゃねえから。でもミルクくらいなら……なんとか。

それ以上の言葉が思いつかず、頭を掻きむしった。いつのまにかビスケットを食べ終えたルイ＝ニコラが、ジャンをじっと見ていた。ガラス玉のようだった目に精気が点（とも）ってい

る。宝石のような瞳に魅入られているジャンに、彼がなにか言おうとした。

――お……お、おれ……おいら……。

――普通でいいよ。あんたが、おれたちの真似なんかする必要ねえ。

――お……僕は、ルイ＝ニコラ、です。あなたの名前は、ジ……ジャ……？

――ジャンだよ。

――ジャン……。

微笑む気配。椅子から降りようとしないので、見ると、ルイ＝ニコラの手足は座ったかたちのまま固まってしまっていた。抱き下ろして、足を擦りながら思ったのは、この状況を誰かに見られたら、ジャンも王政派と疑われて処刑されるかもしれないということ。

馬鹿馬鹿しかった。ジャンが根っから革命派なのはみなが知っていることなのに、それでも、世話役の仲間の前ではきっと、ルイ＝ニコラに素っ気なく接してしまう。

王太子の味方をしていると思われること自体が、恐怖なのだ。

でも……だからといって、人間らしい心を捨てていいとも思えない。

翌日は、約束通りミルクを持っていった。ルイ＝ニコラは昨日と同じ姿勢で椅子に座っていたが、ジャンが近づくとガラス玉の目に光が灯る。

ルイ＝ニコラの膝の裏は椅子で擦れ、膿んでいた。手当てをしてやりたくても方法がわからず、議会で訊いても、王太子を診たがる医者はいないだろうという。自分で見つけて直談判して引きずっていった医者は、ルイ＝ニコラのいる場所を見るなり顔を曇らせ、傷を診るとうめき声をあげた。

――あの足は、すっかり腐ってしまっている。だいたい、あの年頃の子供が何日も日の光を浴びないでいること自体が危険なのだ。いますぐあそこから出さなければ、どんな手当てをしたところで死んでしまう。

――ありがとよ、先生。

ジャンでさえわかっていたことを、改めて教えてくれただけだ。ルイ＝ニコラは長生きできない……今のままでは、生きているうちに棺桶に入れられて、死ぬのを待っているようなものだ。では誰かに頼めば……誰に相談すれば、せめてもっといい場所で寝かせてやれるだろうか。心当たりは、たった一人しかいない。ジャンは久しぶりに議事堂に行った。

――ロジャースさん。お願いが……。

――ふむ、ジャン坊やか。儂は忙しいのだから、手短に頼むよ。

――王た……ルイ＝ニコラのことです。病気なんだ。世話はしてるんだが、今いる場所じゃどうにもならねえ。あいつが死んだらあなただって困るでしょう？　でしたら、もう少しいい場所を。

――困らぬよ。

――……え？

——反対派の粛清はほぼ済んだ。あとは我々王政反対派が新たに国民党として名を変え、共和国の樹立を宣言するだけだ。王太子はもう用済みだ。処刑ではなく、病死してくれるならかえって都合がいい。

——ロ……。

——あとは王女だな。ふん……エルガードを黙らせるための駒に使うのもいいが、ほかの使い道もあるか。たとえば共和国の議長に立つ男が、王女だった娘と結婚すれば……王政派の残党を納得させるのに、これ以上の手はなかろうが……。

うっとりと言うロジャースの執務室を辞し、ジャンは決意した。何様だ、と思った。ただの徴税役人ふぜいに、あの人たちをどうにかさせてなるものか。

誰かを頼るのは諦めた。その夜、ジャンは世話役の仕事を終えたあとも塔に残り、座ったまま寝ているルイ＝ニコラの肩を揺らして起こした。

——おい、起きろ。行くぞ。

——……ジャン……？　どこに、ですか……。

——どこでもいい。とにかくここを出る、逃げるんだ。じゃないと、あんたは遠からず死んじまう。

——逃げる……。

言葉を嚙みしめるようにくり返したあと、ルイ＝ニコラは首を横に揺らした。

──どうして？　見張りに酒を飲ませたんだ、今日だけはなんとかなる。おれを信用していないのか。

──……アンヌ＝マリーは……ここにいるのでしょう？

いきなり王女の名前を出されて、呆気にとられた。ルイ＝ニコラは体の苦痛を表情に出さず、ジャンをしっかりと見つめた。

──国王も、王妃も逃げませんでした。アンヌ＝マリーも、まだここにいる。なら、僕だけが逃げるわけにはいかない。

──あんたは……国王夫妻が処刑されたことを……。

なにも言わないから、知らないのだと思っていた。十歳にもならない少年に、誰がそんな残酷なことを教えたのか。

──国王陛下も、母も、最期まで国を守る役目を果たしたのです。だったら僕も、国民の求める僕の役目を果たさなくてはなりません。

──王女を連れてくればいいのか？　そうしたら、一緒に逃げる気になるのか？

ルイ＝ニコラが少し笑う。震える手をもたげて、シャツのなかから引っぱりだしてみせたのは、華奢な金の鎖につながった……十字架だった。

──僕が死んだら、これを……アンヌ＝マリーに返してほしい。もともと彼女から預かったものだから。あなたにならせます、ジャン。そして僕がこう言っていたと伝えてくれるかな――『アンヌ＝マリー。神のご加護を』と。

――自分で伝えろ！

十字架を外そうとするルイ＝ニコラの手を押しやり、ジャンは怒鳴った。

――言いたいことを言うのも、返したいものを渡すのもじかに姉に会って、やれ！　待ってろ、いま連れてきてやるから！


「……でもアンヌ＝マリーは、ルイ＝ニコラに会っていないわ」

十年前に弟がいた場所。血の染みた椅子を抱きかかえながら、ニナは呟いた。

「全部嘘よ。十字架だって、ずっとあなたが持っていたんだもの」

「王女の部屋になかなか近づけなかった。見張りはずっとついていたし、ルイ＝ニコラの世話役のおれが王女に会う理由もなかったから。なんとかあなたを連れだせそうになったときにはもう――……手遅れだったんだ」

「嘘よ」

ジャンの言うことは何一つ証拠がない。ルイ＝ニコラは死んでしまい、十字架はジャンが持っていた。アンヌ＝マリーは……ニナが幽閉された部屋を出られたのは、家族がみんな死んで塔の閉鎖が決まったあとだ。

かたくなに顔を背けていると、ジャンが小さく息をつき、立ちあがった。

「そうだな。おれの言うことなんざ、一つも信じなくていい」

　砕けた口調が、本来の彼のものなのか。はじめて会ったときからの丁寧な態度は……ルイ＝ニコラの真似？

「高潔なふりなんて、もうやめた。おれはただの嘘つきだ。ニナ……いや、アンヌ＝マリー？　ただ一つ安心していいのは……あなたの仇はもうすぐこの世から消えちまうってことだよ」

　どういう意味？　訊きたいのに、訊けない。声をかけるのが怖い。

「十字架を、ロジャースに渡したんだろう？　査問会がおれを探しているのは、国家の財産を横領した罪か、それともルイ＝ニコラを死なせた件か、それとも隠れ王政派だと疑われるのかな。どれ一つとっても死刑は免れないから、あなたは弟の仇をとれるよ。でも、おれとしちゃあそんなありきたりの罪じゃなくて」

　ジャンの手が、ニナの髪に触れる。指先が熱くて、びくっとした。ざらつく指がそっと灰色の髪を撫でおろし、朝、ロジャースに触れられたひと房をすくって、そっと口づけた。

「……王女に恋した罪。王女の純潔を汚した罪で裁かれたいかな。おれは……ほんとうに、一目会ったときからあなたに惹かれていたから、たとえ弟の十字架を取り返すためでも、肌を合わせられて嬉しかったよ。ありがとう……アンヌ＝マリー……ニナ」

　ジャンの手が髪から離れる。そっと立ちあがった彼は、上着と心をニナのもとに残したまま行ってしまうつもりか。

「待って」

ニナは動けなかった。体が、凍り付いて固まってしまった。ただ椅子を抱きしめながら、これだけは訊いておかなければならなくて、

「あなたはどうして、私が……アンヌ＝マリー王女だとわかったの？」

「……『煙突の妖精さん』に、会いたがっていたから」

穏やかな答えだった。ジャンが微笑んでいる。

「じゃあ……ニナ。アンヌ＝マリー。『神のご加護を』」

ルイ＝ニコラと面影が重なった。

ジャンが階段を下りていく。

第六章　『煙突の妖精さん』

これまで脳裏を過ぎるたびに、夢のかけらだと思いこもうとし、ちぎっては捨てていた光景が次々と蘇ってくる。

たくさんの侍女、明るい宮殿、テーブルに積みあげられたお菓子……。

アンヌ＝マリーのフルートに合わせておどけるルイ＝ニコラ。

弟の姿を見た途端、アンヌ＝マリーはほっとした。

――ルイ＝ニコラ。ここにいたのね。

――なんのこと？　アンヌ＝マリーお姉様。ねえ見て、このダンス。なんの踊りかわかる？

そう言って手振りつきで踊ってみせたのが、流れ者の旅芸人が踊るような振り付けだったのでアンヌ＝マリーは呆れた。

――なんてことかしら。ルイ＝ニコラ。あなたはお父様とともに国を守っていかなければならない人なのに、そんなに下品な振り付けを覚えてはだめよ。

――うん、ごめんなさい、アンヌ＝マリーお姉様。だけど自由に踊るのって楽しいし、旅芸人だって立派な人たちだと思うんだ。だからねえ、お姉様も一緒に踊ろうよ。

――まったくもう……、……はくしゅん！

くしゅっ。

自分のくしゃみに驚いて、目を開けたのだが、目の前は暗闇(くらやみ)だ。『花籠の館』の小屋なら暗くても、隙間(すきま)から気持ちのいい庭の風が吹きこんでくるのに、ここには新鮮な空気さえない。まるで、墓場だ。

アンヌ＝マリーは二、三回瞬(まばた)きをして、背中の石の感触を確かめ、ようやくここがどこなのか思いだした。

タンプル通り十七番地。いまは使われていない修道院の、懲罰房(ちょうばつぼう)。

たくさんの侍女も、楽しそうな弟の姿も遠い昔のこと。

数年続いた飢饉(ききん)に苦しんだ国民が、国王の治世に不満を訴えて起こした王政反対運動。デモを鎮圧するために王妃が外国の力を借りようとしたため、怒った首都の市民は王宮へ突入し、アンヌ＝マリーも弟も、国王だった父も王妃だった母も城を追われてしまった。一年後、離宮からの脱出に失敗したあと、完全に国民に背かれた結果、廃墟(はいきょ)への幽閉(ゆうへい)。

それでも家族一緒にいられるならよかったのに、最初に父、それから母がどこかへ連れていかれ、まもなく弟も連れ去られてしまった。

アンヌ＝マリーは再び目をつむる。

家族がいなくなった広い部屋に、アンヌ＝マリー一人が取り残された。日に一度、不愛想な女性が食事と水を運んでくるほかは、訪ねてくる人もいない。窓を開けてほしいと頼んだことはあったのだが、ものすごい目で睨まれたきり無視をされたので、暖炉に火を入れてほしいと頼むのも諦めてしまった。

この頃寝台で眠ると、体がかゆくてたまらなくなる。敷布に虫が湧いているらしい。かといって床はネズミが走り回っている。あちこち試した結果、暖炉のなかがもっとも居心地がよかった。

暖炉のなかでは、煙突に吹きこむ風の音が聞こえる。炉床に積もった灰はさらさらしていて、ただの石よりも温かい。だからか、ここで眠るといい夢を見ることが多かった。

（ルイ＝ニコラ……お父様、お母様……みんな、元気にしているかしら）

最初に父を連れ出しに来た男たちが、国王は処刑されるのだと言っていたが、そんなこと信じるものか。

父は国王だ。誰よりも国と国民のことを思っている人が、その民に殺されていいわけがない。

（みんなに……会いたいわ……）

夢の続きを探ろうと、仰向けになって、目を閉じかけたときだった。

……くしゅっ。

また、くしゃみが出た。寒さのせいではなく、急に鼻がむずかゆくなった。煙突のなかからはらはらと粉が舞ってきて、それが鼻の奥に張りつく。今夜は風が強いのだろうか？仰向けのまま、鼻と口を押さえながら煙突の暗い穴をじっと見つめていると、不思議な物音が聞こえてきた。はあ……はあ……という、生き物の息遣いのような音だ。動物？

（もしかして、フランソワかしら。まさか、私に会いに来てくれたとか？）

煙突から子犬が降ってくるはずもないと、冷静に考えられる状態ではなかった。ずるずると、気配が壁を伝って降りてくる。アンヌ＝マリーは首を傾げたまま待った。不思議と恐怖は感じない。アンヌ＝マリーにとって恐怖は扉の向こうから現れるもので、煙突は、いい夢の続きにつながるような、不思議な穴だった。やがて……。

雨のような大量の煤とともに、人のような何かが暖炉のなかに落ちてきた。

……っ？

驚きに、声も出せない。その者も、降りた場所にいきなりアンヌ＝マリーがいたので驚いたようで、しばらく声をなくしていたが、

——……アンヌ、マリー？

問いかけられた。久しぶりの人の声に、嬉しいような気持ちになって、

——ええ、そう。あなたはどなた？

――このロープを腰に結べ。

――いきなり、何事ですか？

――結んだら煙突のなかに立て。引っぱりあげてやるから、わかったな？

強引な人影は、有無を言わさずアンヌ＝マリーの腰にロープを巻きつけ、固い結び目をつくると、さっさと煙突のなかに戻って姿を消してしまった。

（いったい、何事かしら……）

わけはわからなかったものの、結び目をつくるとき、うっかり触れたその人の手は、温かかった。言うとおりにしてみるのも悪くないと思え、煙突のなかに立ちあがってみると、いきなり腰のロープをぐいっと引かれる。

（え？　なに？　もしかして、煙突のなかに引きずりこまれてしまうの？）

それは無理だ。いくら外の空気を運んでくれるといっても、どこまで続くかわからない狭い穴。アンヌ＝マリー一人がやっと通れるくらいの幅なのに、もしも途中で詰まってしまったらどうなるのか。

慌(あわ)ててロープをほどこうとしたが、結び目が固くて指先も通らない。ロープがぐいぐい引かれ、爪先(つまさき)立ちが辛くなる。どうしようもなく抵抗を諦めて力を抜くと、体が勝手にどんどん浮いて煙突のなかに吸いあげられていった。

（魔法みたい）

ただし、上から降ってくる煤が目に入るのはいただけない。アンヌ＝マリーはやっと持ちあげた両手で目を庇い、それでも上を見あげながらのぼっていった。新鮮な空気の匂いがどんどん濃くなる。外が明るいのかどうか、わからなかった。でも、まもなく……上昇の動きが止まった。

外はおそらく夜だが、闇に慣れたアンヌ＝マリーの目には夕暮れと同じくらいに明るくものが映った。

顔じゅう真っ黒な人……たぶん、男の子……が、両手を差しのべてアンヌ＝マリーの腕をつかむと、有無を言わさずに煙突のなかから引っこ抜く。

——きゃ……。

ふわりと、髪が夜風に舞った。続いて、どさりと前方につんのめる。

髪も顔も真っ暗いなか、そこだけきらめく星のような目をした少年がアンヌ＝マリーの下敷きにされ、目をみはってこちらを見あげていたが、

——……どうかなさって？

小首を傾げて訊くと、慌てたようにアンヌ＝マリーの下からどいた。

——どうかなさったの？　あなたはどなた……きゃ。

立とうとしたとたんに、傾いた床に滑りそうになった。慌てたように振り向いた少年がアンヌ＝マリーを抱きとめて、一緒に座り込む。どきどきしながらも深呼吸して周りを見

回すと、ここはとても高い建物の屋根の上らしかった。煙突から飛びだしたのだから当然だ。そして見あげると、頭上いっぱいを満たしているのはきらめく星空。

——なんて美しいのかしら。

溜息が洩れてしまう。

——煙突の向こうにこんなに美しい世界が広がっているなんて、誰が思うでしょう。これは夢の続きなのかしら、それとも？

少年が自分を見ているのに気づく。どこかで会ったことがあるだろうか？　真っ黒なので顔もわからないが、敵意は感じない。アンヌ＝マリーはにこっと笑いかけ、

——あなたは煙突で暮らす妖精さん？　昔、本で読んだことがありますのよ。北のほうの国では、暖炉の裏に妖精の家族が暮らしていてね……。

——お喋りをしている暇はねえんだ。

ぶっきらぼうに話を遮られた。目の前に手を差しだされる。

——このままあまり立ちあがらないようにして、おれと一緒に来い。できるだけ口を利かねえようにして、急いで。

——なんのためにですの。どこへ行くの？

胸がどきどきした。もしかしてこれは——自由への誘い？　煙突の妖精が、暖炉に隠れていた一人ぼっちの王女を気の毒に思って、逃がしてくれようというのだろうか。広い夜

空……さわやかな風。高い場所もちっとも怖くなかった。『妖精さん』の言うとおりにすれば、アンヌ＝マリーは自由になれるのかもしれない。そう思い、心は浮きたったが――体は動かなかった。

――どうした？　急いで……。

妖精の少年が振り返る。アンヌ＝マリーはつないだ手を見つめたまま、首を横に振った。

――行けませんわ。

――なんで。やっと、外に出してやれたのに……。

――この塔のなかに、お父様もお母様も弟もいるの。わたくしだけが逃げるわけには参りません。

――馬鹿なことを言うな。自分の命を守らねえでどうするんだ。それに、国王と王妃はもう……。

――あなたがご存じかどうかわかりませんが、わたくしは王女なの。王族として国を捨てるわけには参りません。そして、わたくしたちを塔に閉じ込めて裁きを与えるのがクロノス国民の望みなら、それを受け入れるのが義務です。

――議会が、身分制度の廃止を決めた。市民はあんたらになにも望んじゃいない。ただ目を背けて、消えてくれるのを待っているだけだ。

――それでも……。

ふいに、二人のそばの鐘が揺れた。カーン、カーン、と、低い鐘の響きが夜の空気に吸い込まれていく。時を告げる鐘だろうか。いまは何時？　アンヌ＝マリーは空を見あげたが、妖精の少年ははっとしたように屋根に這いつくばり、塔の下に目を凝らしている。

誰かの大声が聞こえた。もしかして、王女が部屋を出たことに気づかれた？　不安にさ迷うアンヌ＝マリーの視線と、少年のそれが絡む。星を宿した彼の目が潤んでいるようなのは、なぜだろう。

――どうかなさったの……？

――……間に合わなかった。

小さな呟き。アンヌ＝マリーがその意味を問い返す前に、少年は荒っぽい動作で立ちあがって、アンヌ＝マリーの腕をつかみ、元の煙突に向かった。

――だめだ、もう。人が集まってくる。見張りの親父があんたの不在をごまかしてくれているけれど、鐘が鳴っちゃあ無理だ。あんたはさっきの場所に戻らなきゃならねえ。おれも、急いで行かなきゃ。

逃げないと先ほど自分で言ったばかりなのに、また暖炉のなかに戻ると思うと憂鬱だった。けれど、手の力の強さから、妖精の少年の必死さが伝わる。きっとなにか事情があるのだろうと察し、アンヌ＝マリーは頷いた。

――わかりましたわ。先ほどのようにロープをつかんで降りるだけでしたら、わたくし一人でもなんとかなりますから、あなたもどうぞ急ぐ先にいらしてください。そしていつか……また、会いに来てくださったら嬉しいわ。いつも煙突を眺めていたら、あなたがいるのが見えるのかしら。

──……。

少年は返事をしなかったが、ほんの少し笑ってくれた気がした。アンヌ＝マリーは一人で戻ると言ったものの、再び煙突に入って吊り降ろされるところまで少年の手を借りるしかなく、暖炉につくとすぐに、素敵な夢を忘れてしまわないよう目を閉じた。

再び目を開いて──起こったことが夢ではないとわかったのは、腰に結んだままのロープがあったから。反対側の端も暖炉のなかに落とされていて、もう自分の力ではのぼりようがなかったけれど、煙突の妖精が穴の向こうにいると信じていれば、もう寂しくなかった。

でも……その目覚めた同じときに……。

（ルイ＝ニコラの死を知らされたの……お父様もお母様ももうこの世にいらっしゃらなくて、王家の生き残りは私一人ですって。私一人のためにこの建物を開けておけないから、ほかの場所に移送されるというの。私は……もう、どこへも行くところがないのに……）

ふっと、気配に髪を撫でられる感覚があって、意識が闇のなかから浮き上がった。

瞬きして、見えるものも闇なのは慣れている。ここはどこで、どうして椅子を抱えているのだっけ……また、忘れてしまった。床は硬くて冷たいのだが、体を覆う上着は温かかった。革のような、この香りは……ジャンのもの。

すぐ近くに気配を感じた。目を凝らしても姿は見えないのに、恐怖はない。

――アンヌ＝マリーお姉様……。

ニナはずっとこの気配を待ちながら、眠っていたのだ。ルイ＝ニコラのほうも姉が来てくれるのを、ずっと待っていたのかもしれない。

「……ルイ＝ニコラ」

ニナは気配に呼びかけた。椅子を放し、振り返る。姿は見えないのに、いると信じられた。

「……ごめんなさいね、会いに来るのが遅くなって。一人で、寂しかったでしょう？　でもこれからは、お姉様も一緒にいるから……」

気配が遠ざかった気がした。まるで逃げるように、部屋から離れていく。

「ルイ＝ニコラ？　どうしたの」

狭い部屋にはもはや、なんの未練もなかった。ニナは壁を探って立ちあがり、爪先で床を探りながら階段を下りた。

下の階の、高いところの窓から薄青い光が射しこんでいる。いまは朝に近いのか、それとも夜になろうとしているのか。ルイ＝ニコラの気配を探して周りを見回すと、一つの扉が軋む音を立てた。はっとして目をやるが、扉は動いていない。ただ、そこは、

（私が閉じこめられていた部屋）

弟はここが懐かしかったのだろうか？　最後に家族で過ごした場所が？　扉を引くと、手ごたえなく開く。とっくに鍵は壊れているのだ。

暗い部屋を見渡す。確かに知っている場所なのに、思い出らしいものはなにも蘇ってこない。ルイ＝ニコラの気配を求めて薄闇に目を凝らすと、どこかで、小さくカタッと音がした。暖炉のそばに……たたずむ姿が見えるような気がする。ぼんやりと白い光に包まれたルイ＝ニコラがいて、暖炉のなかを指さしていた。そこに入れ、とでもいうのだろうか。

ニナは首を横に振り、くすっと笑った。

「ルイ＝ニコラはお姉様が煙突にのぼれるなんて知らないはずよ。それに、外に出たってもう……私が生きていていい場所なんて、どこにもない」

ルイ＝ニコラは死んだのだ。両親は殺された。ロジャースがニナを利用しようと、手ぐすねひいて待っている。『花籠の館』の娘たちやラザールが無事なら、もうニナは出ていかないほうがいい……。

体を包みこむ上着を重たく感じる。重みに耐えかねて涙が溢れてきた。

この上着を貸してくれたジャンは、いまどうなっているのだろう。

声もなくぽたぽたと涙をこぼしていると、心のどこかに声が届く。

――行かなきゃだめだよ、アンヌ＝マリーお姉様。

「でも、ジャンは……あの人は、あなたの仇よ。あんな暗い部屋で弱っていくのをただ見ていて、なにもしなかったんだわ」

――逃げなかったのは、僕だよ。アンヌ＝マリーお姉様だって、わかるでしょう。お母様が国を裏切ったことも、一度、国民は許した。なのに国王一家が国を捨ててエルガードへ逃亡しようとしたから、みんなは僕らを見放したんだよ。お父様やお母様が民の手で殺されたのも、その罪を償うためだ。生き残った僕らがまた逃げだすことなんてできるはずなかった。

『王宮への行進』のあと、離宮に軟禁状態にされた国王一家を助ける動きがあった。革命に批判的だった貴族たちが結託して、王妃の母国エルガードへの逃亡の手はずを調えてくれたのだ。

ある日の夕暮れ、慌ただしく身の回りのものが馬車に詰め込まれ、家族が一つの馬車に乗って離宮を発った。まだ子供だったアンヌ＝マリーやルイ＝ニコラは、久しぶりの旅行だと信じ切って喜んでいたのだが、実際はまったく違った。それは国王一家が国を捨てて王妃の祖国へ逃亡する企てで、首都を出たところで市民の検問に捕まり、一日とたたずにもとの離宮に引き返す結末となった。帰り道は、石を投げつけられながら。

（捨てようとしたから、捨てられた……だから、すべての仕打ちを当然のものだと受けとめなきゃならないの？）

いまのニナは王女ではない。十年も市民のなかで暮らしてきて、いまさら革命そのものや、革命を起こした人たちを憎んだりはしない。元貴族の粛清を進めて『花籠の館』の娘たちが身寄りをなくす原因をつくったロジャースは憎いが、彼を議長に据えておくのが市民の意思なら、どうか未来には、より良き指導者を選んでほしいと願うばかりだ。

そもそもどうして、ロジャースは王政派を殺すのだろう。国王への忠誠心を残す人たちが新しい国づくりに邪魔だからというなら、やっぱりニナが生死不明でいたのが悪かったのかもしれない。目立つところで素直に死んでいたら王政派も存在しようがなくなり、王政派の疑いをかけられて処刑される人たちも減っていたかもしれないのに。

ほんとうは、『花籠の館』の娘たちが憎むべきなのは、ロジャースではなくてニナのほうだ。

でも、この塔から移送されるとき、襲撃を受けた馬車のなかから飛びだせたのは、手をつないでくれた人がいたからだった。おまえは自由だと、みんなと同じ人間だと叫んで、ニナに勇気をくれた男の子がいたから。あれは、

(『煙突の妖精さん』……だったわ)

どこの誰かも知らない男の子が、二度も危険を冒してアンヌ＝マリーの前に現れ、救いを与えてくれようとした。ニナは結局、いつかあの子に会いたいから生き延びてきたのにすぎない。

煙突掃除人になって、できるだけ目立たずに、人の役に立とうとしながら、いつかどこかの煙突で『妖精さん』にぶつかりたかった。ずっとそうしてきたのに。

迷いなどなかったのに、どうして、いま……こんなに苦しいのだろう。

理由はたった一つだ。

「ジャン・コルビジエが……あなたの十字架を持っていたのよ。あなたから盗んで、自分のものにしていたのよ。親切なふりして、信じそうになっていたのに……許せない……っ！」

十年ぶりの、人の温もりだった。ラザール親方や、『花籠の館』の娘たちとの関わりはあったけれど、ニナは必要以上に他人と親しくならないようにしていた。髪を切られて捨てられた娘は、ただの気の毒な子供だと自分に言い聞かせながら。いつかなにかのはずみで自分がアンヌ＝マリーだとばれたとき、大切な人たちに迷惑がかからないように。

距離を置いて、自分のことは喋らず、もちろん夜も一人で眠るように。

なのに……ジャンは関わってきた。ニナに仕事を依頼し、煙突のなかまで追いかけてきて、食事に誘って、……抱きしめたりして。

（嬉しかった）

温もりが。笑顔が。言葉が。蜂蜜酒をがぶ飲みして彼を誘惑したのは、ただ十字架を盗むためじゃない。

もっと近づいてほしかった。肌と肌を触れあわせたかった。それだけだ。

高潔さなんて糞くらえ。高潔は、ニナから一番遠い言葉だ。

ただ温もりが欲しいばかりにジャンを誘い、彼の十字架を盗み、弟の形見だと知っていながらロジャースに売り渡して、優しかった人を破滅に追いやって。

「王女なんかじゃもう……ない」

呟いて、へたりこむ。弟の気配が気の毒そうに揺らいだあと、無言のまま暖炉に吸い込まれていくのがわかった。

「待って、ルイ＝ニコラ……どこへ行くの」

暖炉のなかには煙突しかなく、煙突のつながる先は、外だ。弟の魂は外に出たがっているのだろうか？　でも、

「あなたは煙突をのぼれないでしょう？　いまなら見張りなんていないから、普通に扉から外に出られるのよ。ルイ＝ニコラ、危ないわよ、ねえ……もう上へ行ってしまったの？」

暖炉の隅に汚れたロープが落ちていた。かつて『煙突の妖精さん』がニナに残してくれたロープだ。大切にしたかったのに、ここから連れ出されるときに取りあげられて、打ち捨てられたままになっていたのだろう。

ルイ＝ニコラはロープがなければ、煙突をのぼれない。

「もう……」

二度と外に出たくないのに、弟を見捨てることもできない。ニナは仕方なくロープを腕にかけると、背を伸ばして煙突のなかに体を差しこんだ。手と足で体を支え、上から引きあげてもらうまでもなく、狭い壁をするするとのぼっていくことができる。

（『煙突の妖精さん』が、いまの私を見たら驚くでしょうね）

それとも、喜んでくれるだろうか。王女が、もう一度彼に会いたくて煙突掃除人になったと言ったら、どんな困った顔をするのだろう。

彼はアンヌ＝マリーが自由な人間だと言っていたけれど、離宮に軟禁される前、王宮で暮らしていたときも、王女のニナが自由だったことなんてなかった。王女なのだから、当然だ。いつも人に囲まれ、王族らしい振る舞いを求められ、未来だってきっと誰かに決められていたはず。

ニナが生まれてはじめて見た自由は、『煙突の妖精さん』が見せてくれた夜空だ。

誰にも自分を知られなくて平気だったのも、煙突掃除人の修行が楽しくてたまらなかったのも、みんな『煙突の妖精さん』のおかげ。

（でもほんとうは、あの子はいったい……誰だったのかしら）

本物の妖精？　それとも煙突掃除人？　ニナを逃がそうと試みたということは、王政派の人？

（でも、間に合わなかった、と言っていたわ。あのとき、鐘が鳴り響いて、それで……私をもとの部屋に戻すしかなくなったの。あのときの鐘はきっと、ルイ＝ニコラの弔いのため……もしかして『煙突の妖精さん』は私をルイ＝ニコラに会わせたかったのかしら）

生きているうちに――だから、死んだことを知って、間に合わなかったと言ったのか。

では、なんのために？　最期を看取らせるために？　……ううん、違う。

――自分で伝えろ！

十字架を差しだそうとするルイ＝ニコラに、ジャンが返したという言葉。

――言いたいことを言うのも、返したいものを渡すのもじかに姉に会って、やれ！　待ってろ、いま連れてきてやるから！

そして彼はニナに、こう言った。

――なんとかあなたを連れ出せそうになったときにはもう、手遅れだったんだ。

「まさか」

煙突のなかで口を開いてしまう。わずかな煤が口に入り、甘いような焦げた臭いが体じゅうに沁みていった。まさか、そんな。

議事堂の煙突に詰まったとき、彼が笑いながら言っていたこと。

――まさか自分が詰まるなんて思いませんでしたよ。子供の頃のようにはいかないな。

子供の頃に煙突で遊んだりしていたの？　と訊いたとき、彼は答えなかった。遊ぶわけがない。彼の家には煙突なんてなかった。小さな調理用ストーブしか持っていない、靴屋の子供だ。暖炉のある家で遊べるような余裕のある暮らしをしていたら、『革命の英雄』なんかになるはずもない。

誰よりも王侯貴族を軽蔑していたはずのジャンが、王太子の持ち物だった十字架を捨てもせず、売りもせずに大事に身につけていた理由は、きっと一つだけ。

煙突の終点が近い。誰の手を借りる必要もなく狭い穴を通り抜け、外に顔を出したとたんに、ふわりと涼しい風が吹きつけ、ニナの髪を巻きあげた。

最後に蘇ったのは、馬車から逃がしてくれた男の子の、必死の叫び。

――早く行け！　ルイ＝ニコラの死を無駄にすんな……！

「……っ」

細めた視界の向こうに、明けの明星が光る。濃紺と赤が混ざった茶色に星がきらめく不思議な空は、煙突の妖精さんの目の色と同じだった。そして、眩しそうにニナを見つめるジャンの瞳とも。

＊

『花籠の館』の古株、リリアーヌは急ぎ足で市場の通りを渡っていた。

街中の空気が物々しい。戦争が再びはじまったわけでもないだろうに、人々は声を低めて噂をしあっている。

――『革命の英雄』が昨日、査問会に捕まって……今日、そのまま裁判にかけられるそうだよ……。

――王太子にひどい扱いをして……死なせた上に遺品を盗んで、これ見よがしに身につけていたんだって……？

――いいや実は、王政派の犬だったたっていう噂もある……いずれにしても議会があえて英雄を捕らえるなんて、よっぽどのことだ。

（いったいなにがあったたっていうの）

わけがわからない。王太子は公式には病死だし、ジャン・コルビジエは革命のあと義勇軍に加わり、長く首都を離れていたのだから、王政派云々とも無関係だろうに。

（ニナにまとわりついていたせいじゃないでしょうね。まさか――あの子が珍しくおめかしをしてデートに出かけたのは、つい一昨日よ。昨夜またニナは仕事に出かけたまま帰ってこなかったけれど……いったい、どこをほっつき歩いているのやら）

夕食がいらないなら知らせてくれなければ困るし、そもそも庭の小屋を貸しているのだから、毎日の家賃もちゃんと入れてもらわなくては。

「帰ってきたらお説教してやらなくちゃ。まあ、はじめての恋人ができて浮かれる気持ちもわからないではないけれど……」

そのはじめての恋人が、いま現在議事堂に捕らえられていて、今日じゅうに裁判にかけられるというのだから、やっぱりわけがわからなかった。

「ロジャースの念書といい……いったいあの子、議事堂の仕事でなにをやらかしてきたのかしら」

市場を抜け、かつての貴族の館が並ぶエロール通りにさしかかると、『花籠の館』が見えてくる。

蔓薔薇の絡んだ柵沿いを歩いていく途中、石積みにもたれ掛かって座りこんでいる二人の人間に気づいた。とっさに眉をひそめてしまうくらいにみすぼらしい風体で、館の前にいられると営業妨害だ。一人は老人。とても金を持っていそうななりではない。もう一人は……男物の上着を着ているが、ずいぶんと小柄だ。酔っぱらってでもいるように俯いて、ぐったりと座りこんでいた。目深にかぶった帽子からこぼれだす、灰色の髪……。

「ニ……」

息を呑んだ。足をもつれさせながら駆けつけると、ニナのそばにいた老人がほっとしたようにリリアーヌを見あげる。

「この館の人かね。ああよかった、わしのみてくれが悪いのか、いくら門から声をかけても開けてもらえねえんだよ。この人を置いていくわけにもいかなかったし、よかった」

「ニナ……この子、どうしたの、なにがあったのっ？」

肩を揺さぶる。帽子がずれて顔があらわになると、まるで子供のように小さな顔の頬が腫れ、口の端に血が滲んでいた。思わず老人を睨みつけたが、善良そうな男は潰れた帽子を揉みながら、しどろもどろに言った。

「そのお人は……議事堂に、入れてもらおうとしてらしたんだ。ただ知ってのとおりジャン・コルビジエが捕まって裁判にかけられるっていうんで、騒ぎを避けるために昨日から議事堂は立ち入り禁止だ。そんで警備と揉みあいになって……突き飛ばされたとき、そのお人はうっかり口走っちまったんだよ。『私はアンヌ＝マリー王女だ、ジャン・コルビジエを捕まえるくらいなら、代わりに私を捕まえなさい』ってさ」

「……」

「まあ、警備のやつは馬鹿にして、本気にしちゃいなかったがね。こっそり遠くから様子を見ていたわしは、こりゃ放っておいたらとんでもねえことになるってわかったんで、暴れるこの人をなだめすかしてここまで引きずってきたんですよ」

「……おまえは？　この人がアンヌ＝マリー王女だと名乗るのを聞いて、信じたの？」

頭から足の先まで煤だらけで、髪は灰色。顔も煤けた痩せっぽちの娘を。

老人は溜息をつき、深く頷いた。

「わしは大昔、王宮の庭師でした。王妃様やお子様たちが、わしの丹精したお庭を散策してくださるのを、遠くから眺めているのが大好きだったんだ」

リリアーヌは老人に、買い物帰りの財布の中身をすべて与えて、今日見たことは忘れるようにと言った。老人は深々とお辞儀をして、議事堂のほうへ引き返していく。リリアーヌは腰に手をあててニナを見おろした。

「まったく、もう。気絶しているわけじゃないんでしょ？　だったら一人で立って歩いてちょうだい。あんたに肩を貸したりしたら、こっちの服が真っ黒になるんだから」

「……、……よ」

「うん？　なに？」

首を傾けて、顔を覗きこむ。間借り人の煙突掃除令嬢は、煤だらけの顔でリリアーヌを睨みつけてから、ぷいっと顔を背けた。

「……私を、売りなさいよ」

「藪から棒ね。サロンに出たくなったの？　煙突掃除なんて面倒臭くなった？」

「違う……私を、共和国議会に、売りなさいよ。行方不明の王女には報奨金がかかっているんでしょ。お金はあったほうがみんなの役に立つし、『花籠の館』は議会の覚えがめでたくなって……少しは、罪滅ぼしができるわ。私は、アンヌ＝マリー王女よ。私たち国王一家を助けようとしたせいで、リリアーヌやみんなの家族が処刑されてしまったの」

「……とりあえず、立ちなさい」

猫の子でもつかむように襟首を引っ張られ、ニナは「ひうっ」と変な声をあげた。立ちたくも、歩きたくもなかったが、リリアーヌは手を貸してくれるわけでもなく、かといって襟首を引っ張るのをやめてくれるわけでもない。ニナは引きずられるまま渋々立ちあがり、リリアーヌはまるで幽霊のような足取りのニナを一瞥して、すぐに気づいた。

(この子の上着、ジャン・コルビジエが着ていたものじゃなかったっけ?)

ジャン・コルビジエが捕らえられた経緯はともかく、ニナはあの若者を救うつもりで議事堂に乗りこもうとしたとみて、間違いはなさそうだ。

「子供じゃないんだから、まったく。もうちょっと頭を使いなさいよ」

ぶつぶつ言いながらニナを小突きつつ、サロンの建物に向かっていく。いつもの中庭と違う方向だったので、ニナはたじろいだ。

「待って……どこ行くの。私の小屋はあっち……」

「売ってほしいって、あんたが言ったんでしょーが。こんな煤まみれで真っ黒な娘をどうやったら王女殿下だなんて思わせられるっていうのよ。身の程を知りなさい、ニナ。いまのあんたはただの煙突掃除娘なの」

「……」

「もちろん、磨きたててどうなるかなんて知らないけどね。……母さん！　みんな！　起きてきてちょうだい！『煙突ちゃん』のお帰りよ！」

館の出入り口で大声をあげたので、奥の部屋からぞろぞろと人が出てきた。ふくよかな年配の女性が、フォンティーヌ——表通りのレストランと『花籠の館』の経営者、通称『母さん』だ。

「おやまあ、リリアーヌ。どうしたっていうの、『煙突ちゃん』を館のなかに入れようっていうからには、よほどの理由があるんだろうね」

「もちろんですとも、『母さん』。でも、この子自身に話してもらう前に、煤をきっちり落としてやらなきゃだめだわ」

いまは昼なので、昨夜遅くまで客の相手をしていた娘たちはみんな寝ぼけ眼だ。駆け寄ってきたエリーゼに、リリアーヌは急いで風呂の支度をするように言いつける。

「お湯をたっぷりね。石鹸もありったけ。今日はもう、徹底的にやりますからね」

「ニナ、どうかしたの？」

「さあね。きっと、やっとできた恋人とうまくいかないことがあって、自棄になっているのよ。こんな姿のまま泣きわめいたって誰も話なんか聞いちゃくれないんだから、ともかく磨きたててしまいましょ」

話はそれから、とばかりに手を叩くと、事情を察した娘たちがわらわらと動きだす。

ニナは、上着を剝がされるときにわずかな抵抗を見せただけで、あとは死んだようにぼんやりしたままだった。

何回体を磨きたてられたのだろう。ほんの幼い頃、侍女の手で湯あみをさせられた記憶が蘇った気もするが、やっぱりそんなものは夢だったのかもしれない。

『煙突の妖精さん』が、ジャン・コルビジエだった。

ニナは、アンヌ＝マリーを何度も助けようとしてくれた上、弟の十字架まで預かってくれていた彼の誠意を信じず、ロジャースに売ってしまった。

助けたくて議事堂に……かつての王宮に向かったけれど、門は厳重に閉鎖されていて入れてもらえなかった。

無理に乗りこもうとすると「煤がつく、汚い」と言って殴られ……かっときて、自分がアンヌ＝マリーだと名乗ってしまった。以前、庭園で会った老人が仲裁に入って『花籠の館』まで連れ帰ってくれなかったら、今頃は捕まっていたかもしれない。

ジャンと交換で捕まえてもらえるなら、そうしてほしかったのに……。

『花籠の館』の娘たちはいま、どうして、いくつも海綿を真っ黒にしながらニナを磨きたてているのだろうか。

ぼうっとしている口に、匙が押しこまれた。甘いスープの味が沁みてくる。

匙を手にしたリリアーヌは、呆れ顔で言った。

「もしかしてあんた、昨日からろくに食べていないんじゃないの？　体じゅう冷えきったうえに空腹でいたら、まともな考えが浮かばないのも無理ないわよ」

「……自分で」

　皿を受けとり、スープをすする。いつもの野菜くず入りとは違い、丁寧に濾された上等のスープだった。お腹のなかがぽかぽかしてきて、温もりが胸まで届くと、涸れきったと思っていた涙が零れてくる。

「リリアーヌ、これでいい？」

　ニナの髪を拭いていたエリーゼが、手拭いを広げてみせて訊ねた。リリアーヌはしかめ面で手拭いとニナの髪を比べてみて、肩を竦める。

「あと一回ね。一度髪に香油を擦りこんでから、洗い直してちょうだい。王女様の髪の色はもっと淡くて、きらきらしてらしたはずなのよ。まったくもう、煙突の煤っていうのはどれだけ落ちにくいのでしょうね」

「これでも十分きれいな白金髪なのに」

　手間をかけているのにエリーゼはどこか嬉しそうだ。スープを飲み終えるころにはニナの気持ちもだいぶ落ちつき、リリアーヌをまっすぐ見返す気力も湧いてくる。

　リリアーヌは金髪で、青い目をしていて、美人だ。そして大人……貴族出身なのだから、王宮で国王一家を間近に見る機会もあったはず。そんな人が、一度もニナの出自を疑わないなんてこと、あるだろうか。

　リリアーヌは、きっととっくにニナがアンヌ＝マリーかもしれないと察していて、それでも黙って匿ってくれていたのだと思う。

そんな彼女に向かって、感情的に喚き散らしたことが恥ずかしい。ニナは深呼吸して、はじめに自分が言うべき言葉を探した。

「……申し訳、ありませんでした」

「何が」

リリアーヌはニナの手から空の皿を取りあげ、代わりに手を取る。何をしだすのかと思えば、爪にやすりをかけはじめたので、ニナはいぶかった。

「……あなたを侮辱しました。私を売れなんて、ひどい甘えだったわ。あなたはいつもこの『花籠の館』で元貴族の子たちを匿い、守ってきたのに……それこそたくさんの我慢を重ねて、いままで生きてこられたのでしょうに」

「反省はしているのね？　だいぶ落ち着きも取り戻したんなら、とりあえず何があったのか包み隠さず話しなさいな」

「でも……どこから……」

「ジャン・コルビジエとやっ、た、の？」

単刀直入に訊かれて、ごまかしようがなく顔が赤くなった。リリアーヌはにやりと笑い、火照った手を握り返す。

「とりあえず、話はそこからにして。『英雄』の夜のやり方なんて、みんな興味津々なんだから。洗いざらい白状するまでは着替えだって持ってきてあげないんだから、覚悟しなさいよ」

ニナの顔が引きつる。リリアーヌだけならともかく……いまや『花籠の館』じゅうの娘たちが浴槽を取り囲み、ニナの告白をわくわくと待ちかまえているのだった。

ニナはジャンとの夜について、それほど多くのことを覚えているつもりはなかったのだが……あちこちから投げかけられる娘たちの質問に短く答えていくうち、かなりのことを思いださせられる羽目になった。そしてリリアーヌの総評によれば、男性のなかでもジャン・コルビジエのやり方は、かなり丁寧でましなほうらしい。

「まさか『英雄』が未経験だったなんてねえ——サロンに来たとき、無理やり襲っちゃえばよかったわ」

もったいなかった、とぶつぶつ言っている娘たちのすれ具合は、かなりのものだと思う。

恥ずかしい話が終わったところでようやく髪も洗い終わったので、浴槽を出ることが許された。リリアーヌはやすりをかけた爪に丁寧に油を擦りこみ、だいぶ白くなった指を眺めて呟く。

「ニナの手の小ささは、王妃様譲りね。骨が細くて、まるで砂糖菓子のような手なの。わたしは王妃様の手に触れられる女官が羨ましくて、伯爵夫人になるよりは侍女になりたいとわがままを言って、お父様を困らせたりしたのよ」

「リリアーヌのお父様は、確か……」

「お父様も、伯爵。国王一家が離宮から逃亡するときの馬車を用意した罪で、真っ先に死罪になった、ヴェルヌ伯爵よ」

「覚えているわ……」

幼い王女と王太子を抱きあげて馬車に乗せてくれた、優しい人だった。国王一家の逃亡を手伝ったりしなければ、彼自身が家族を連れて国外に逃げられたかもしれないのに。リリアーヌから父を奪ったのは、やっぱりロジャースではなくてニナたちではないか。

「……どうして私を、憎まないの？」

過去の記憶がないふりをしていた頃ならまだしも、ニナが自ら正体を明かしたいまになっても、リリアーヌからニナを蔑む気配は伝わってこない。それは彼女が、強いからだろうか。

リリアーヌの目配せ一つで娘たちがニナの体を拭き、クリームを塗りこみ、下着をかぶせた。

「どうしてわたしたちが、あなたを憎めると思うのですか」

クリームを擦りこんでも胼胝の残る手に、小さな筆で白粉を刷く。リリアーヌの表情は、いつも娘たちの世話をしているときよりも楽しげで、穏やかで、まるで懐かしい過去に浸っているようだ。

「あなたがアンヌ＝マリー王女殿下であることくらい、ラザール親方に連れられて、はじめてここへいらしたときにわかりました。フォンティーヌは渋りましたけれど、あなたを預かろうと決めたのはわたしです。この館はもともとヴェルヌ伯爵家のもので、フォンティーヌはうちに仕える洗濯女でしたから」

革命前に商人のもとに嫁いでいたフォンティーヌは、革命の後、かつての主人家族の苦境を見かねて館を買い取り、サロンをはじめたという。

「あなたを預かることに異存はありませんでしたが、もしもあなたがご自分の地位をちらつかせてわたしたちを脅したり、サロンを危険にさらすような真似をしたら、いつだって査問会に訴えて自分たちの保身を図るつもりでいました。わたしには『花籠の館』に迎えた娘たちを守る役目がありましたから――……でも、あなたは……住処(すみか)が庭園の片隅の小屋でも一言も不平を洩らさず、ご自分のことをおっしゃらず、日々煙突掃除の仕事に出かけるばかりで、サロンには近づこうともなさいませんでしたよね。煤だらけの暮らしに甘んじて、家賃もちゃんと払い……そればかりか、煙突掃除の仕事で得られた噂話のなかで、わたしたちのためになるものがあると、欠かさず伝えてくれて」

たとえば誰かのパトロンが密告されそうになっているとか、たとえば誰かが王政派に関係した疑いをかけられているとか。たとえば、誰かの親戚がまだ生き残っていて、娘たちの行方を捜しているなんていうことも……。

「おかげでエリーゼは、サロンを離れられることになったの」

ニナははっとして、エリーゼを振り向く。いつのまにかブラシでニナの髪を梳いていた

エリーゼは、はにかんで頷いた。

「シャトーにいる祖母が、わたしの行方を捜しているとわかったんです。もう連絡もつい

て、来週には発つつもり。……ニナが、調べてくださったのでしょう?」

「私じゃなくて、親方よ、きっと」

「ラザールはあなたに頼まれたと言っていたわ」

「……エリーゼが幸せになれるなら、それでいいの」

ラザールはフォンティーヌと、ニナを預かる代わりに『花籠の館』の娘たちに役立つ情

報を欠かさず伝える約束を交わしている。ニナがエリーゼが心配だと洩らしたから、特に

力を入れて調べてくれたのかもしれないが、身を寄せられる親族まで見つかったのは奇跡

のような幸運だ。

エリーゼがいなくなっても、『花籠の館』には念書があるから、この先もロジャースに

娘を差しだす必要はない。

ほんとうに、誰が頼んだかなんてどうでもよくて、結果的にエリーゼや娘たちが穏やか

に暮らしていけるのなら、それで十分だった。

「わたしたちは、国王一家をお恨みしたことなどありません」

リリアーヌがニナの手を取って立たせながら、毅然と言った。

「わたしたちは国王一家にお仕えすることを誇りとする貴族で、わたしの父もその誇りのために国を捨てず、義務に殉じたのです。国王ご一家が離宮から逃亡するための計画を立てたのはわたしの父、ヴェルヌ伯爵で、それが失敗に終わったために国民は国を捨てようとしたご一家を完全に見放し、処刑台に送ることを決めました。そのことで、あなたはわたしや父を憎むでしょうか」

「まさか」

曖昧な答えは許されない。まだ子供だったからわからない、なんて言うべきでもない。

ニナはリリアーヌを見つめ、自分のなかの王女としての気持ちも見つめ返しながら、言葉を選んだ。

「ヴェルヌ伯爵は私たちを守るために、精一杯のことをしてくださっただけです。そのことに感謝しこそすれ、憎むなどあり得ません」

「王女殿下」

リリアーヌが頽れるようにひざまずいて、ニナの手を押しいただいた。

「いまのお言葉を聞いて、父がどれほど安心することか……寛大なお心に、心より感謝を申し上げます」

「……リリアーヌ」

「いいえ、もう王女殿下ではなかったわね。ニナ」

リリアーヌが俯けていた顔をあげて、にっと笑った。いまの彼女の言葉が心からのものであったことは、眦の涙が教えてくれている。ただ、気持ちの切り替えの早さに追いつけず、戸惑うニナに、あっさり立ちあがったリリアーヌは体を寄せて囁いた。

「王族も貴族の身分も廃止されて何年経つと思っているのよ。あなたもわたしも、いまは平等な市民でしょう。そして王女だろうと、なかろうと、わたしはあなたを友達だと思っているんだから、恋の協力くらいしてあげる」

「こ、恋?」

藪から棒にもほどがある。もちろん、リリアーヌがニナを友達だと呼んでくれるのはとても嬉しいのだけれど、ニナは真っ赤になりながら否定した。

「なにを言っているの、恋って、なんのこと。私はただ、ジャンをいろいろな誤解でひどいめに遭わせてしまっているから、彼を助けに行かなきゃならないだけ」

「おめかしして、あなたから食事に誘っておいて?」

リリアーヌが茶化す。

「だからそれは」

十字架を盗むためだったと説明したはずなのに、

「おめかしする前だって、門の前で抱き合っているのを見たし？」

「酔ったふりして誘って、やっちゃったんでしょ？　それで相手が好きな男じゃないなんて、ありえなーい」

「……もうっ」

経験豊富な娘たちに次々冷やかされ、ニナに勝ち目はない。火照りすぎて燃え滓になりそうなニナの様子に、「それくらいにしておきなさい」と、真っ先に煽っておきながら娘たちをいさめておいて、リリアーヌはとどめを刺した。

「諦めなさいよ、ニナ。あなたはジャン・コルビジエを好きになっちゃって、そんな気持ちを自分で認めたくないから自棄を起こしていただけなの。あなたの正体に勘づいていながら誘いに乗ってくれる男なんて、この先見つけられっこないんだから、なんとしても取り返してみせるのよ。そのためにわたしたちは力を貸してあげるから、わかった？」

「わ……わ……わ……」

恋を認めてしまう勇気はないが、ニナ一人でジャンを助けに向かえる知恵もなく。

「……わかった、わ」

リリアーヌと娘たちの目線に気圧されるまま、こくんと頷いたニナの肩で、白金の髪がふわりと揺れた。

＊

ジャンは前日の夜から、議事堂内に囚われの身だった。今日には裁判があって、処刑されるところまでが既定路線のため、わざわざ牢屋を用意する手間も省かれたらしい。

査問会が連れてきた衛兵にさんざん殴られたあと、放りこまれたのは元国王の執務室――ニナに片付けを手伝ってもらったばかりの部屋で、床が絨毯敷きなのはありがたかったが、両手を後ろで縛られたままでは暖炉の火を掻きたたせることもできない。

炉床のレンガに座りこめば、前日の熱が残っており、尻と背中がぽかぽかと暖まった。

（ニナは風邪をひいていないかな……おれの上着が役に立っていると、いいけど）

彼女の小さな体が自分の温もりに包まれているのを想像すると、胸がどきどきした。

自分は革命のあと十年で背が伸びたし、髪の色も濃くなって、久しぶりに会う友人にさえ「おまえ誰だ」と驚かれるくらいなのに、ニナは十年前と同じ小ささのまま、なにも変わっていない。

小さくて、手が華奢で、瞳がきれいで、可憐で……よくもまあ、十年間もアンヌ＝マリー王女だと気づかれずに生きてこられたものだと思う。

（おれの小細工も少しは役に立ったかな。ほんの小さなことだけどさ……ニナに知られたら、かえって怒らせちまうかもしれないけど）

首都に出回る王女の人相書き。その瞳の色を『薄茶色』に書き換えさせたのは、ジャンだった。『革命の英雄』の名前を利用して係官に近づき、王女を間近に見たときの印象を事細かに嘘を交えて伝えてやった。議事堂に残る一家の肖像画の顔を泥で汚したのも、ジャンだ。王女の顔を覚えているものが、少しでも減るように。

（でも……そんなこそこそ生きる日々も、もうしまいにしてやりてえ）

ニナも、『花籠の館』の娘たちも。元王族や貴族だからといって、肩身の狭い思いをして暮らす必要など、もうとっくにないはずなのだ。十二年前に起こった革命の理想は『自由と平等』であり、身分の壁が取り払われて全員が市民になったいま、元王女も自由な人間になっているのだから。

彼女たちに息苦しい生活を強いている元凶が――ロジャース。共和国議会、議長殿だ。

議長となってもいまだに徴税役人時代の官舎に住み、表向きは清貧を旨とした暮らしを送っているはずのロジャースが、貴族から取りあげた別荘をいくつも所有し、彼に味方する商人に貸し与えている事実を知るものは、どれだけいるだろう。ロジャース自身が利用している別荘では元貴族の娘たちが使用人として使われ、ひどい扱いを受けていることを知るものは？

ジャンは十年かけて、ロジャースの本性を公に知らしめるために情報を集めてきた。ジャンを晒し者にするための公開裁判は絶好の舞台だ。とるべき道筋に迷うときもあったが、首都に来てロジャースと直接話し、やつの目的を確かめたことで、その迷いも消えた。

「待ってろよ、ニナ。ルイ＝ニコラ……あなたの無念は、おれが必ず晴らしてやるから……」

ジャンは立ちあがり、国王の執務室から窓の外を見た。首都カザリンの街並みが一望できる。東の空が赤く染まり、きらめく明けの明星が、幸運のしるしであってほしいと願った。

*

公開裁判の場所が大議事堂――旧王宮の大広間に変更された。はじめは議事堂前の広場で市民の立ち合いのもと行われる予定だったはずだが、『革命の英雄』の罪状を知りたがった市民が想定以上に詰めかけたため、急遽議事堂の門を閉鎖し、裁判の立会人も議員と、議長が許可を出した市民だけと決まった。

そのような事情のために開始は遅れたのだが、裁判自体もはじまってみると、予想外に白熱した議論が戦わされている。ジャン個人を庇いたい議員はあまりいないだろうが、『革命の英雄』の裁きに爪痕を残すために、いろいろ発言しようと思うのかもしれない。

「その十字架が確かに王太子の持ち物だという証拠はっ？」

「こちらの肖像画の――顔は潰されているが、王妃の手元を見ていただこう。ロジャース議長のもとに届けられた十字架と、寸分たがわぬものが描かれているではないか」

　国王一家の肖像画……顔の部分が汚されていてもなお、まばゆく描かれた国王や王妃の姿は直視に耐えかねるのか、十字架の真贋についてそれ以上追及するものはいなかった。

「十字架が本物だとして……ジャン・コルビジエが王政派だなどという疑いは、はなはだ馬鹿らしい！　彼は革命の折に真っ先に王宮に乗りこみ、国王逮捕に貢献した英雄なんですよ！」

　張りきって、まっとうな意見を述べてくれたのはクロードだったが、別の古参議員が反駁する。

「はじめは国王一派に反発していたとしても、王太子の世話をするうちに絆されることがなかったとは言えますまい。それともクロード議員は、心底軽蔑している相手の遺品である十字架を、肌身離さず身につけていられますかな？」

　証拠品として提出されたルイ＝ニコラの十字架は、裁判長の隣に座るロジャースの手元に置かれていた。ジャンは裁判長の正面の被告席に座らされているが、両手を後ろで組んだまま縛られているため、座り心地は最悪だった。結論がわかりきっているため、飛び交う議論に興味は湧かないが、自分の処罰が決まったあと、十字架が粗末に扱われないかと心配している。

（ニナはあれを、必要ないから手放したんだろうが……おれを追い落とすために利用したのだとしても、裁判が終わったあとは彼女の手元に返してやりたいな。あれには、ルイ＝ニコラの気持ちがこもっているんだから）

――『神のご加護を』。

ルイ＝ニコラに出会ったあと、彼の精神を受け継ぎたくてはじめた高潔なふりは、多少の限界はあるにせよ、だいぶジャンの身の内まで浸透していた。本来の『靴屋の息子』のままなら、とっくに立っていって裁判長の席を蹴飛ばし、おれを裁きたいやつがいるなら面と向かって名乗り出やがれと啖呵を切るところだ。

（俺は王政派じゃない……あえて区分しなきゃならないっていうんなら、国民派だ。市民が日々食べるものにも困っているのに、贅沢な暮らしをしている貴族や、おれたちの声を潰すために戦争を起こそうなんていう王妃は許せなかった。だから王宮に乗りこんだし、国王を執務室から追いだしたことも後悔しちゃいねえ。革命は正しかったと今でも思っているし、昔に返りたいとも望んじゃいない）

ただ、王族を軽蔑しているかと訊かれたら……答えは否、とはっきり言える。

国王や王妃は途中、過ちを犯したとしても最期には立派な態度を見せたし、ルイ＝ニコラ王太子は崇敬に値する人物だった。

そしてアンヌ＝マリー王女は……いくらか強がりなところはあるものの、どうしようもなくお人好しでまっすぐで、愛おしい。

（はじめて王宮に乗りこんで、ぶつかったのが王女だったときに、おれの運命は決まっちまったんだ。おれが求めている自由と平等なんてものは結局のところ、王女に恋してもいい自由と、彼女と対等な人間としてつきあってもいい平等さに尽きるんだ）

革命のとき、はじめて目にした王女は雪みたいに白くて、髪がふわふわで……同じ人間とはとても思えなかった。

二度目に会ったのは、ルイ＝ニコラのもとへ連れていくために煙突から引っぱりあげたときだ。方法を思いついてくれたのはラザールで、あの男はただの煙突掃除人が興味本位で革命運動に身を投じてみたものの、年端もいかない王太子や王女への虐待は許しておけなかったのだそうだ。王女の部屋の前に張りついていたのも、万が一の乱暴を阻止するため。だからといって王女をさらうなどと大それたことを考えるほど馬鹿でもなかったが、見張りの交代の隙を狙って部屋の前をうろうろしていたジャンに、こんな独り言を聞かせてくれた。

——この扉の向こうの部屋には、暖炉がある。

——なんだ、おっさん？

——暖炉には煙突がある。俺はこのガタイなので通れんが。

——つまり……？

ロープも梯子も、ラザールが持ち歩いていたものを借りた。彼は煙突掃除が生業だったので、そんなものを修道院に持ち込んでも誰も警戒しなかった。見つからずに屋根にのぼれる機会はわずかで、ようやくジャンが、煤だらけになりながら王女の部屋に降り立ったとき——……アンナ＝マリーの髪はくしゃくしゃで、ドレスも汚れていて、王宮で会ったころに比べると見る影もないくらい瘦せてしまっていたが……それでも見惚れた。

星の光を溶かしたような白金髪に、淡い紫の目。ルイ＝ニコラに会わせたあとは、そのままさらって逃げたいくらいだったけれど、彼女と屋根に辿りついたとたんに弔鐘が鳴り響いてルイ＝ニコラの死が知らされた。

あの場で連れて逃げることはできなかった。すぐに人が集まるのがわかっていたから。けれど、もしも放っておいたら彼女もまた、ルイ＝ニコラと同じ運命をたどってしまうかもしれない。ロジャースが彼女を利用しようとするかもしれない。それだけは許せなかった。だから……、

「議員諸君。並びに裁判長。儂は、ジャン・コルビジエが王女の暗殺にも与していたことを示す、重要な証人を用意しております」

ロジャースの自信満々の声に、物思いが醒めた。いったいなんの話だ？　いきなりの新たな罪の糾弾に、ジャンも驚いたが、議員や立ち合いの市民たちもざわつく。まるっきりのでっちあげなら、さすがにロジャースに反撃してやる覚悟で証人とやらの顔を見た途端、

ジャンは息を呑んだ。

　ジャンと同じように両手を背中側で縛られ、連れてこられたのは、中年にさしかかってはいるが、老いているというほどでもない男だった。頬や顎に傷がある。ジャンの人生ではあまり関わってこなかった風体の人間だ――過去の、ただ一度きりをのぞいては。

　裁判長が言う。

「証人、名前は？」

「ジャンだ。へへっ、英雄と同じ名前たあ、くすぐってえな」

「おまえはジャン・コルビジエといつ、どこで知り合ったのか」

「知り合い？　お友達かっていう意味なら、そうであってほしいが、違うね。俺がそこにいる御仁と関わったのは、大昔に一度きりだ」

「それはいつ、どこで。なにがあったのか、詳しく言うように」

「いつ？　そうだなあ、ありゃあ、十年も前になるか。仕事も金もなくて酒場で飲んだくれてた俺に、坊やが声をかけてきたんだよ――うまい話があるが、乗らねえか、とさ」

「その坊やというのは、誰かわかるか」

「さっきから言っているじゃねえか、俺と同じ名前の『革命の英雄』殿だよ」

　なあ、と振り向いて気安く話しかけられ、ジャンは苦笑するしかなかった。

　まさかロジャースが、ここまでジャンを追いつめるつもりで準備していたとは。

「ジャン坊ちゃんの持ちかけてきた話は、実にわかりやすかったぜ。近々東区の修道院から生き残りの王女が移送される——極秘の移送だから、ろくに護衛なんかついちゃいない。馬車にはきっと、王女の身の回りの金目のものがたんと積まれているはずだから、一緒に稼ごうぜ、ってなあ。なあ、ジャン坊や、間違っちゃいねえだろう？」

ジャンは肩をそびやかした。肯定の仕草に、『英雄』寄りの意見を述べていた議員たちも呆気にとられてジャンを見つめる。

国王と王妃が処刑され、王太子が病死したあと、生き残ったアンヌ＝マリー王女が幽閉先からの移送途中に襲撃を受け、川に落ちて行方不明になったことを知らないものはいない。その襲撃がまさか、ジャン・コルビジエが計画したことだったと？

顔に傷のあるジャンは、騒ぎを見渡して満足そうに笑ったあと、足下に唾を吐いた。

「まあ、期待したほどの実入りはなかったけどよ。すぐに王政派だか警備兵だかが駆けつけてきたんで、俺はなにも盗んじゃいねえですよ。『英雄』のジャン坊やも馬車から王女を引っぱりだして連れていくのを見たが、それきりあとのことは知らねえ。さあ、俺は知っていることは全部話したぜ——ロジャース議長様よ。ジャン・コルビジエについて洗いざらい喋ったらこれまでの罪は帳消しにするっていう約束、守ってくれるんだろうな？」

「そのことは儂の一存では決められんので、議会の決定を待て。とりあえず、牢に戻ってよいぞ」

騙したのか、汚ねえぞ！　という罵りの言葉を吐きながら、傷のあるジャンが引きずり出されていく。大議事堂内はやや静かになったものの、ジャンに向けられる疑惑の視線はますます強まるばかりだ。

「……ジャン・コルビジエ。なにか、反論は」

「なにも」

「馬鹿か、ジャン！　おまえ、王女殺害に、強盗の容疑までかけられているんだぞ！　あんなならず者の証言、『革命の英雄』が一言否定すれば済むものじゃないか！」

「クロード議員の善意の信頼を裏切るのは申し訳ないと思う。確かにおれは、王女を殺したりはしていないが、先ほどの男と共謀して馬車を襲撃したのは事実だ」

「コルビジエ……！」

議員全員が立ちあがる。『革命の英雄』が、行方不明の王女の襲撃に関わっていた――金のために？　王太子の十字架を奪ったのも、やはり金目のものに目が眩んだだけだったのか？

「静粛に！」

裁判長が槌を振り下ろす。鋭い響きにざわつきは静まったものの、ジャンとロジャースをのぞく議員たちも聴衆も立ちあがったままだ。

「ジャン・コルビジエは、王女移送の馬車を襲撃した事実を認めるのだね？」

「はい」

「王太子の十字架を所持していた理由は」

「ルイ＝ニコラに託されたからです。捨てる理由も、売り飛ばす理由もなかったから」

「きみは王政派かね？」

「いいえ」

「では、王侯貴族を憎み、今後も彼らを一切信奉することはないと、誓えるかね」

「それは……」

躊躇(ためら)いは仇(あだ)となる。過去に、革命に賛同していても、国王一家への憎しみは誓えなかったために処刑された貴族が幾人もいたのだ。今すぐに答えろ、という圧力が、周りから押し寄せてくるのがわかった。議員のなかで内心ロジャースに反抗している者は相当数いて、彼らはジャンに期待を寄せていたはず。期待を裏切るのは辛い、が、

（俺はどうしても、ルイ＝ニコラも、アンヌ＝マリーも憎めない）

彼らを貶(おとし)める発言をするくらいなら、正直なまま死んだほうがましだとさえ思う。

ジャンは立ちあがった。義勇軍に加わっているあいだに背が伸び、他の立っている議員たちに埋もれることもない。後ろ手に縛られたままだが、背を伸ばし、ロジャースを無視して裁判長と向きあう。

「裁判長。そして、この場にいる同志の諸君。おれは……」

続く言葉がかき消されたのは、入り口のほうで起こった騒ぎのせいだった。

市民であろうと、男性しか入ることを許されていない大議事堂に、華やかな娘たちの声がきらきらしく響く。それはむしろ議員たちの声よりも、この王宮だった空間にふさわしく馴染んでいた。

（なんだ？）

ジャンも声に気をとられたとき――いきなり、裁判長の真後ろにある暖炉から、白い煙が噴きあがった。

「うぷっ、熱……な、何事だっ？」

慌てふためいて立ちあがり、裁判長が席を離れる。ロジャースも煙に追われるようにあとをついていった。

あちらとこちらでの騒ぎのなか――ジャンだけが暖炉から目を離せずにいた。

（まさか？）

湯気のような白煙が薄れたあと、火の消えた暖炉のなかから黒一色に包まれたなにかが現れ、まっすぐに立ちあがる。小柄な、子供のような背丈。

その者は、ジャンや議員たちに向き合うなり、体を包みこんでいたマントを落とした。

なかから現れたのは、黒い帽子に、黒い上着――一目でわかる、煙突掃除人の格好をした女性だ。

「あれは、ニナじゃないか?」

煙突掃除人のニナだ。つい先日、生ゴミを運んでくれた子供が、いったい、なんでここに? 満場の注目を十分に惹きつけておいて――……ニナは、目深にかぶっていた黒い帽子を外した。

まばゆいほどにきらめく、白金の長い髪がこぼれだす。一つ頭を振って、髪を肩に流したときの表情は、月の女神もかくやという美しさだ。

そして黒い上着も脱ぐと、なかに着ていたのは……街中の女性が普段着にしているのと同じ、ブラウスとスカート。それでも、透けるような白い肌と絹色のような髪、そして優美な顔立ちを隠さずにいるだけで、彼女がこの国のなによりも尊いものだったということを知らしめずにはおかない。

(こんなきれいなものが、同じ人間なわけ、あるか?)

ジャンの諦めに似た気持ちなど知るはずもなく、ニナは磨きたててもらった姿をさらすように両手を広げ、大議事堂全体に聞こえるほどよく通る声で宣言した。

「共和国議会の皆様、並びに、裁判長様――ごきげんよう。私は、煙突掃除人のニナ……かつての名前は、アンヌ=マリー・シャルロット第一王女です。本日は、ジャン・コルビジエ様の申し開きをするためにここに参りました」

ジャンのための申し開き――なんていう言いまわしが正しいのかどうか、ニナはわからなかった。これまで議会に立ったこともなければ、王族らしく人前で喋った経験さえほとんどないのだから。
（だけれど、誤解は解くわ）
　大議事堂の煙突の上から、だいたいの話は聞こえていた。かなりの熱さに難儀したもの
の、ともかくジャンは誰かと共謀してアンヌ＝マリーを襲撃し、強盗を謀った容疑をかけ
られているらしい。
（それは間違っているもの）
　移送途中の馬車が襲撃を受けたのは事実だが、あのときアンヌ＝マリーの死も厭わない
勢いで銃弾を浴びせてきたのはあとから現れた警備兵だ。最初の襲撃者にアンヌ＝マリー
は襲われていないし、なにも盗まれていない。ただ『煙突の妖精さん』だった男の子が、
手をつないで逃がそうとしてくれただけ。
　満場の視線が痛い。体が勝手に震え、声が掠れそうになるが、大議事堂の入り口で揉め
ている一群のなかに、『花籠の館』の娘たちのドレスが見え隠れすると気持ちが和んだ。
ニナ一人では通してもらえなかった議事堂の門を開かせたのは、リリアーヌの策略だ。
　――何者だ！　今日は議事堂は重要案件のために部外者立ち入り禁止だぞ！
　――あら、部外者だなんて水臭いわ。あなた『花籠の館』にいらしたことはなくって？
ロジャース様はじめ、議員の皆様がわたくしたちをお呼びなの。早く通していただかなく

ては、間に合わなくなってよ。

——え……いや、ちょっと待て。いま誰かに確認を……おい、待てというに！

——ああら、——様……！

折よく、娘の一人が馴染みの議員を見つけて呼びとめた。その議員は娘がお気に入りだったので、嫌われたくない一心でこっそり門のなかに入れてくれようとしたのだが——隙間さえ開いてしまえば、あとはなだれ込むばかりだ。

ニナは娘たちの中心にいて、ラザールに庇われていた。ニナが着替えさせられているあいだにフォンティーヌが館に呼びつけ、計画をまとめたのだ。大議事堂の入り口まではなんとか辿りつけたとしても、娘たちの力で、限界まで詰め込まれた議員を掻き分けてジャン・コルビジエのもとまで行きつくのは厳しい。だが、旧大広間の奥には巨大な暖炉がある。火は燃えているだろうが、人の熱気がすごいだろうから、さほどに薪をくべてはいないと予想できた。だから、

——降りればいい。ニナ、俺の弟子のおまえならできるだろう。

高い屋根の上から水をぶちまけて、熱い蒸気が立ちこめるなかを、ロープを伝って一気に滑り下りてきたのだ。まるで地獄の熱さだったため、親方特製のマントで全身を包んでいなければ死んでいたかもしれない。

（多少の火傷はご愛敬よね）

エリーゼたちが丁寧に梳いてくれた髪が焦げなかっただけでもよしとしよう。

いきなりアンヌ＝マリーを名乗ったニナの姿に、議員たちは啞然(あぜん)としている。

気圧(けお)されたら負けだし、疑われても駄目だ。ニナは裁判長の机に歩み寄り、証拠品として提出されていた十字架をつかみ取ると、もう一つの証拠品として持ち出された国王一家の肖像画に歩み寄った。一家全員が描かれた、大きな肖像画だ。顔が塗りつぶされていても、懐かしさがこみあげる。感傷に浸りたくなる気持ちを無理やり立て直して、手を伸ばすとアンヌ＝マリーの絵の顔部分を擦(こす)った。塗りたくられた泥が薄れて、現れたのはまっすぐな目をした少女の顔だ。薄紫色の瞳。そばにいる王妃の手元に、ルビーのついた十字架も描かれている。

　ニナは肖像画と並んで立ち、自分と絵をよく見比べられるようにした。

「この十字架は、祖母であるエルガード女王アンヌ＝マリーが、私の母がクロノス王国に嫁ぐ際にお守りとしてくださったものです」

　遠い思い出。母に十字架を渡されたときを思いだし、言葉を紡(つむ)ぐ。

「私はこの大事な十字架を母から預かり、私たちが離宮に軟禁されたあと、弟のルイ＝ニコラに渡しました。まだ幼かった弟の心の支えになればと願ってのことです。その翌年、私たちは離宮からの逃亡を試みて失敗し、タンプル通りの廃墟になっている修道院に幽閉されたとき弟とは引き離され、二度と会うことが叶わなくなりました」

「ジャン・コルビジエが王太子を死なせたんだ！」

　野次が飛ぶ。ニナは首を横に振った。

「弟は病死です。幽閉場所の悲惨な環境のために病気になったのだとしても。ルイ＝ニコラをそこに閉じこめろと指示したのは、ジャンではないでしょう？」

　それは、開設されたばかりの共和国議会の決定だったはずだ。国王と王妃の処刑が済んだあとも、臭いものには蓋をせよとばかりに王太子と王女を閉じ込めたまま、見て見ぬふりを決め込んだ張本人たちは、いまも議員としてこの場にいるはず。ニナはそちらを睨みつける。

　気まずそうな沈黙が流れるなか、コホッと咳払いが聞こえた。ロジャースだった。

「コホン……発言してもよろしいですかな、ニナ……それとも、アンヌ＝マリー王女殿下とお呼びすれば？」

「この国に王女というものは、すでに存在しませんが。どうぞ」

「その十字架がもともと王妃の所持品で、王太子に譲られたものだということを疑っている者はいないのです。問題は、そのルイ＝ニコラ王太子の十字架を、なぜ『革命の英雄』ジャン・コルビジエが肌身離さず身につけていたのかということなのですが……アンヌ＝マリー嬢はこの件について、どうお考えなのかお聞かせ願いたいですな」

「単純なことです。ルイ＝ニコラがジャン・コルビジエを信頼したから、大切な十字架を委ねた。それだけですわ」

「おお、それは……」

　議員がざわつく。ロジャースの顔色が、してやったりと言わんばかりに明るくなったが、ニナは表情を変えずに続けた。

「それが、罪ですか？　先ほどもお教えしたとおり、十二年前の革命でこの国に身分制度はなくなりました。幽閉がはじまったとき、すでに弟も私も王太子や王女ではなく、あなたがたと同じ市民だったはずです。市民が市民の信頼を得て、形見を委ねられる。それが罪になる国など、この世に見たこともありません。それに」

　胸が痛む。弟の身に降りかかった不幸を考えたら、こんなところで許してしまってもいいのか、という迷いがないわけではない。それでも、

「ルイ＝ニコラがジャン・コルビジエを信頼していたなら、それは、コルビジエが弟を殺したのではないという確かな証拠になるはずです」

　きっぱり言うと、溜息と同意の拍手が、大議事堂のあちこちから聞こえた。ニナは手元の十字架に視線を落とし、これで終わりにしたくてなにかを言おうとしたのに、さらにロジャースが食い下がった。

「では、ジャン・コルビジエがあなたを移送途中に襲撃したという事案については、どう庇うおつもりか。すでに強盗に荷担した仲間が証言を終えているのですぞ！」

「襲撃？　あのとき最初に馬車を止めたのは、せめて生き残りの王女を救おうとした王政派の方々だったと記憶しております。そして王政派の方々が声をかけてきてすぐ、待ちかまえていたように警備兵の方々が現れて、狙撃をはじめました」

王政派にとってアンヌ＝マリーの存在は最後の希望であったはずだ。ロジャースはそんな彼らが最後の賭けに出るのを見越して情報を流し、襲撃しやすい場所に兵士を配置しておいて、邪魔な王政派を一掃するために利用した。そういう事情だったと、教えてくれたのはラザールだ。彼は、政治的信条など関係なくロジャースのやり口を嫌っており、アンヌ＝マリー王女に同情もしていたので、移送先を突きとめるつもりであの夜の馬車を追っていたそうだ。

そして襲撃を目撃し、王女が川に落ちたのを知って――あとを追って飛びこんだ。見つからないように沈めたまま対岸まで泳ぎ着き、着ていたものや髪を切り裂いてばらばらに捨てて……目覚めたアンヌ＝マリーを『ニナ』と呼ぶことにしたのは、元の名の愛称だからだと。

（ラザール親方って、ほんとにもう……なんていい人なんだろう）

「私は、あの場の生き残りとして、私を殺そうとしたのはジャンでも強盗でもなく、ロジャース議長に命じられた警備兵の方々だったと証言できます」

ニナは十字架を失くさないように自分の首にかけておいて、足元をきょろきょろ見まわした。適当に脱ぎ捨てていた煙突掃除人の帽子を見つけ、頭にのせてみせる。茶目っ気まじりに笑ってみせると、ロジャースはこちらを絞め殺したそうな目で睨みつけてきたが、議員たちのあいだに流れる空気は和んだのがわかった。

「恐ろしい襲撃から逃れて生き延びたあと、私は――皆様ご存じのとおり、ラザール親方の弟子、煙突掃除人のニナとしてずっとこの首都に留まり、お声をかけてくださった皆様の家の煙突に潜って、きれいにして参りました。ニナはアンヌ＝マリーの愛称であり、私自身の名前です。再び幽閉されるのが怖くて、あえて王女として名乗り出なかったことは否定しませんが、日々のなかでは逃げも隠れもせず、皆様と同じ善良な一市民として暮らしてきただけです。そしてこの生活にジャン・コルビジエが一切関わりなかったことは、私の周りの人も、私の仕事ぶりをご覧になっていた皆様もご存じのはず。ですから私は――ジャン・コルビジエは王政派ではなく、私の人生に一切無関係な人であり、よって、ここで裁きを受けるべき罪などないのだと、主張いたします」

ニナはロジャースを睨みつけ、それから裁判長を見た。手に槌を握ったまま、おずおずと近づいてくる裁判長に、ニナは肖像画の王妃そっくりの顔で微笑(ほほえ)みかける。

「私こそ、これからここで裁きを受けるべきでしょうか、裁判長」

「査問会があなたを探していたのは間違いないのですが……今となってはわたしも正直、あなたや王太子殿下にどんな罪があったのか思いだせません。王女殿下……いいえ、煙突掃除のニナ。実はわたしの家内があなたの仕事ぶりを気に入っていまして、そろそろ煙突を見てもらえるように声をかけておかなくてはならないと、昨夜ちょうど話していたところだったのですよ」

「いつでも、お待ちしておりますわ」

　ニナが頷くと、裁判長は照れたように咳払いした。先ほど、逃げるように離れた椅子に座りなおし、大議事堂を見渡す。

「わたしは裁判長の権限で、いまのアンヌ＝マリー……『煙突掃除人のニナ』の意見も、特別参考人として取り入れたいと思います。皆様、もう異議はありませんな？　それでは、判決を……」

「異議あり」

　またロジャースか？　ニナ含め、全員がうんざりした視線をロジャースに向けたのだが、縛られたまま立ちあがって、意見しているのはジャンだった。

「え」

　なにか不満があるっていうの？　せっかく、無罪にできそうだったのに……戸惑うニナの前まで、すたすたと大股で近づいてきたジャンは、憤慨した面持ちで言い放つ。

「異議あり、ありの、大ありだ。誰があなたの人生に一切関わりないって？　おれがあなたに惹かれていて、あなたの純潔を汚した罪で裁かれるのが本望だって言ったのを忘れたのか」

「ちょ……ジャン！　声が大きいわよっ……」

しかも共和国の議員たちの眼前で、いきなりなんてことを言いだすのか。思わず両手を突っ張ってジャンの口を押さえこもうとしたが、ひょいっとかわされて、顔を近づけられてしまう。ニナが彼の口をふさぐまでもなく、ジャンが唇でニナの口をふさいだ。しばらく息もできないくらいに、ぴったりと。

大議事堂に流れる沈黙は、議員や立ち合いの市民、ついでに『花籠の館』からやってきた娘たちが息を詰めて、元王女と『革命の英雄』の口づけに見入っているせいだ。

満場の注目を集めてしまってから、ようやく顔を離したジャンを、ニナは恨めしげに睨みつけた。

「なんてことしてくれるのよ、人が、せっかく……また王政派だなんて疑われて、裁判にかけられたいの？」

「あなたが言ったんだ、この国にはもう国王も王女も存在しないんだから、王政派なんてものも存在し得ない。そしておれは……王女じゃなくてもあなたにどうしようもなく惹かれているんだから、無関係だなんて切り捨てられるのは我慢ならないよ。だから、異議あり……『煙突掃除のニナ』に恋をするのも罪だっていうんなら、そんな国、また革命を起こして建てなおしてやる」

「高潔なふりはどうしたのよ……」

「そんなもの、糞くらえだ」

わがままずぎる強引さに呆れるものの、ジャンの目のなかに映る自分がいつもよりきれいな姿でいるのを、嬉しく思わないわけがなかった。もう、と、諦めて肩の力を抜く。

再びはじまった若者たちの口づけに、大議事堂が笑いと拍手の渦に包まれた――……ときだった。

「た、大変です！　大変です！　ロジャース議長閣下……大変ですっっっ！」

緊迫した声に、空気が変わる。『花籠の館』の娘たちが道を開けて、転がり込んできた衛兵を通した。議員と立会人の市民、全員が振り向く。ニナも背伸びして様子を見ようとしたが、

「来たな」

と、ジャンが低く呟いたので、思わず彼を見あげてしまう。すっかり影の薄れていたロジャースが、議長として呼ばれて気を取り直し、衛兵に向かって言った。

「どうしたのだ。いまは重要な裁判の途中であるぞ。手短に報告せよ――……」

「ぎ、義勇軍が！　エルガードとの国境にいるはずの義勇軍が首都に現れ、共和国通りを占拠して、議事堂に向かってきます。たったいま門が突破され、我々だけでは止めようがなく……あああああっ」

大階段をのぼってくる規律正しい足音に、衛兵は恐怖の悲鳴をあげて振り返った。議員や市民たちが唖然とするなか、『花籠の館』の娘たちはスカートの裾(すそ)を持ち、腰を屈めて来る者を迎え入れる。

長銃や短銃で武装したその一団――共和国旗と革命旗、そしてクロノス王国の旗を並べて掲げた義勇兵たちは、『花籠の館』の娘や議員たちのあいだをまっすぐに通り過ぎ、ジャン・コルビジエとニナ、そしてロジャースの前まで来ると――長銃の先を、一斉にロジャースに向けて構えた。

「な……な、なんだ。きさまら、儂に、なにを……」

ロジャースが怯(おび)え、助けを求めるようにジャンを振り仰ぐ。答えがわかっていながら、なおあがこうとする卑屈な態度。ジャンはかつて心酔した革命の指導者の振る舞いに心底失望しながら、静かな声で告げた。

「共和国議会議長、ピエール・ロジャース殿。彼らはクロノス国の義勇軍です。国を愛する者としてあなたの専横をこれ以上許すことはできなくなり、よって、ここにクーデターを宣言いたします」

エピローグ　未来の行方

窓の向こうに、白い雪が積もりはじめていた。少し開いた色ガラスの隙間から新鮮な風が吹きこんでくる。あかあかと燃える暖炉の火。ニナが腰かけているのはそこそこ立派なクッションつきのソファで、フォンティーヌが古道具屋から買い付けてくれたものだそうだ。

（話が違うと思うのよね）

見ようによってはドレスに見えないこともないスカートごと膝を抱えこみ、溜息を洩らす。ここはかつてのアンヌ＝マリー王女の部屋だった——ここが、まだ議員の部屋として使われておらず、かつもっとも傷みの少ない部屋だったらしい。とはいえ、テーブルも椅子も持ち去られてしまっていたため、当面必要なものは『花籠の館』経由で手配して届けてくれていた。

（裁判長は確か、奥様が私に煙突掃除を依頼したがっているって言っていなかったっけ？　季節はもう冬よ、煙突掃除の書き入れ時をこんなところで無駄に過ごしちゃって……いつまでもおとなしくしていると思ったら、大間違いなんですからね！）

　こうなったら――……ちらりと横目で暖炉を見る。大きな薪が勢いよく燃えあがっているものの、いまのうちに消してしまえば夜までにはそこそこ冷めるはず。

（道具なんてなくたってのぼれるんだし。議事堂さえ出てしまえばイシュー通りに行って、ラザール親方に仕事をまわしてもらえるかもしれないし）

　ニナはソファを降り、窓に向かった。あちこちから工事の音が聞こえるのは、クーデターを起こした義勇軍政権が共和国議事堂――今後は旧王宮と呼ばれるらしい――の、修繕をはじめたためだ。

　もともと議会で修繕に必要な予算は組まれていたのだが、ロジャースが議長の権限で差し止めた上で、横領していたらしい。ロジャースはまずその横領の罪で捕らえられ、議長のそばで甘い汁を吸っていた議員たちも次々に捕らえられた。そしてロジャースには他にも、元貴族から没収した財産を占有した疑い、元貴族の娘たちを別荘に置いて虐待した疑いなど――実に胸糞悪い罪状が次々に追加されている。かつてポレーヌが『花籠の館』のフォンティーヌ宛てに送った手紙――ロジャースに受けた仕打ちの数々を記した手紙も証拠品として提出されたそうなので、正義の裁きが下るようにただ祈るばかりだ。

　旧王宮の周りは義勇兵に囲まれ、ものものしい警備態勢が敷かれていた。ニナは肩に雪を積もらせた彼らを複雑な気持ちで見おろしながら、ぶつぶつと逃亡計画を練りはじめる。

「まずは煙突から外に出るでしょ。梯子はないから……雨樋伝いにベランダに降りて、そこから……」

「だめよ、ニナ」

きっぱりとした否定の声が飛んできて、ニナはびくっとした。これまで数年間、ほとんど一人で過ごしてきたため、考えを口にのぼらせる癖がついていたらしい。

『花籠の館』にいるときと同じ格好をしたリリアーヌがいつのまにか扉に現れ、腕組みをしてニナを睨んでいた。

「な、なんのことかしら、リリアーヌ……」

「なんのこともなにも、煙突から逃げだす算段でしょ。だめよ、認められません。あなたの身の回りの世話は『花籠の館』が引き受けて、ついでに見張りも任されているんですからね」

かなり恥ずかしい思いをしつつも無事に終わりそうだった裁判の終盤——大議事堂になだれこんできた義勇軍がクーデターを宣言し、共和国議会の議長ロジャースを捕らえた。

ジャンは承知の上だった——というよりも、もともとクーデターのタイミングを計るために義勇軍を退役したふりを装って、議事堂に潜入していたらしい。

クーデター政権の要求は、第一にロジャースの逮捕と罪を裁くこと、第二に元貴族が不当に奪われてきた名誉と財産の返還、そして第三が……王女アンヌ＝マリーを王宮に戻し、新たな国の象徴的な女王として戴冠させること、だとか？

（まっっっぴらごめんよっっっ！）

　義勇軍には元貴族出身の将校が多いために、そちら寄りの要求になってしまうのは仕方がないのかもしれないが、なにを考えているのかわからないのはジャンだ。十二年前、彼は王侯貴族の贅沢な暮らしに反発し、自由と平等を求めた戦いの先鋒に立ったのではなかったか。

「いくらロジャースの専横がひどかったからといって、革命自体をなかったことにするような改革を求める必要、ある？　自由はどうなったのよ、平等は？　あの人は結局『煙突掃除のニナ』じゃなくて、王女のアンヌ＝マリーが好きだっただけっていうこと？」

「いま『煙突掃除のニナ』が外を出歩いたとしたら、王女を一目でも見ようとする群衆が集まってパニックになるわよ。これまでロジャースに抑えつけられた反動がきていて、いま首都であなたは『革命の英雄』にも劣らない人気者なんですから。エロール通りのオルガン芸人なんて張りきって『アンヌ＝マリー王女様と革命の英雄様の身分を超えた恋物語』の歌をつくっちゃって、ずいぶん評判らしいけれど、退屈なら連れてきてあげましょうか？」

「いや、いいわ……聞きたくないし」

　オルガン芸人が元気にしているなら喜ばしいが、自分を題材にしたホラ話は聞かされた

くない。だいいち、

（肝心のジャンが、ちっとも会いに来てくれないし）

心のなかで呟く。

クーデターを起こした義勇軍によってロジャースは捕らえられたが、ニナもあの日から旧王宮の王女の部屋に留め置かれて、ほぼ軟禁状態だ。ジャンが義勇軍の片棒を担いでいたのなら、せめて直接会いに来て事情を説明してくれればいいのに、現状、ニナの話し相手はリリアーヌだけなので、八つ当たりすることもできやしない。

（そもそもあの人、無事でいるのかしら？）

あまり会いに来てくれないと、心配になってしまうではないか。クーデターを起こした義勇軍が元貴族の集まりなら、そもそも『革命の英雄』の若者は敵視されていたのかもしれないし、議事堂の突入に利用するだけされて、捕まったりしている可能性も……。

「あの人、『英雄』っていうわりに呑気そうでぼーっとしているものね。今ごろロジャースの隣の牢屋で転がされているんじゃないかしら。やっぱり、こうしちゃいられないわ。早いところラザール親方のところへ行って、義勇軍絡みの情報をなんとか」

「お待ちなさいっていうのに、ニナ」

窓から飛びだそうとしたところ、リリアーヌに襟首をつかまれた。煙突掃除用の上着ならするりと脱げたのに、胸元で紐を縛るかたちのブラウスではそうもいかない。

「放してよ――！」

「まったく、あなたはちっとも黙っていられないし、じっとしていられないのね。王女殿下だったのは子供の頃とはいえ、王妃様や周りの侍女たちの振る舞いを覚えているなら、ちょっと見習いなさいよ……とりあえず、もうラザール親方に頼るのはやめなさい。あなたはいい大人で、しかも恋人もいるんだから」

「恋人って……」

　いきなり頬が火照ったが、素直に認められず、唇を尖らせる。ブラウスの胸元の十字架が揺れて、きらりと赤い光を放った。

「恋人なんて……ジャンには、ただ『惹かれる』って言われただけで、まだ恋人同士なんかじゃないし。そもそもあの人は義勇軍を議事堂に引き入れるために首都に来たわけだし、私と再会できたのはただのついでだし」

「あなたに悪気がないのは知っているつもりだけれど、お子様すぎて頭痛がしてくるわ……」

　リリアーヌが沈鬱な面持ちでこめかみを揉んだ。ほぼ同時にノックの音が聞こえたので、「はい？」と言って応対に出てくれたのだが、いじけて考えこんでいるニナは気づかない。

（あの人が『煙突の妖精さん』になってくれたのも、ただルイ＝ニコラとの約束を果たすためだし……）

「はい……まあ、やっと。あの子もお待ちかねでしたのよ、でも——恋人の前に出るにはちょっと、あなた様の格好はボロボロすぎるようですから、いったん部屋に戻って顔を洗っていらしたらいかがかしら」

「そうですか……？　では」

ふいに聞こえてきた声に、ニナは飛びあがった。リリアーヌが来客を追い返して、あっさり扉を閉じてしまおうとする横から割り込んで、

「ちょ、待っ……リリアーヌ、待って、誰が来て……！」

素直に踵を返そうとしていたらしいジャンが、すごい物音とともにいきなり扉の隙間に突っ込んできたニナの姿に、目を丸くした。

「あ……」

なるほど、リリアーヌが追い返そうとしたのもわかるくらいに……荒れた格好だ。濃い茶色の髪はぼさぼさでまるで鳥の巣だし、栗色の目の下にはくっきりと隈ができているし、無精髭まで。でも……。

（会いたかった）

湧き上がってくる気持ちを止められないのに、どう表現していいのかわからない。気持ちが言葉にのぼりそうになるのをもじもじしながら堪えていると、柔らかな白金髪が風圧で揺れた。大きく扉を開いたリリアーヌが、笑みを殺して溜息をつく。

「さてと、どこでお茶が淹れられるかしらね……」

なんて、ぶつぶつ言いながら扉をすり抜けてニナを追い越す一瞬、片目をつむってみせる。ニナは赤くなるしかない。一歩避けてリリアーヌを見送ったジャンが、ニナのいる部屋を覗きこみ、遠慮がちに訊いてきた。

「ニナ、その……なかに誰もいないのなら、話だけで済みますので、ここで」

「また高潔なふり？」

「は？」

「……なんでもないの、独り言が癖だから。それで、どんな御用かしら？　同じ建物のなかにいるはずなのに、ずいぶんお忙しかったようですけれど」

どうしてこんなにつんつんした言い方をしてしまうのか。ニナは内心落ち込む一方だったが、ジャンは穏やかな素振りを崩さず、

「まあ、そうですね。ロジャースの裁判の準備はともかく、議会と義勇軍の意見の擦り合わせやら諸々……」

「それならリリアーヌからいろいろ聞かされているけれど。元貴族の人たちの名誉回復はともかく、私が女王になるなんていう話は断固拒否させていただきますからね」

「ニナはそう言うだろうと思ったので、僕も義勇軍の連中を説得しようと努力したんですが……少し、なかに入っても構いませんか？」

ジャンが周りを気にするように囁いたので、ニナも頷いて後ろに退いた。二人とも部屋のなかに入ると、ごく自然に扉がぱたんと閉まる。二人きりを意識するよりも、義勇軍への説得とやらの話が気になった。

「義勇軍の人は、あなたの話を聞いてくれるの？　説得なんてできるの？」

「まあ、そりゃ、十年も一緒にいた連中ですから。元貴族と靴屋の子供で立場も考え方の違いもありますが、話し合いはちゃんとできますよ。そもそもロジャースが義勇軍を解散してやつの軍を持とうなんて考え出さなければ、クーデターにだって反対しました。でも、今さら仕方がない。僕らがするべきなのはよりよい未来のために意見を戦わせて、全員で選択をすることです」

「……そこで私の選択肢は、どうなっているのかしら？」

なにしろ軟禁状態に置かれている時点で、ろくな未来がないような気がする。拗ねるばかりのニナの頬に、ジャンの手がふわりと重なった。ふいの温もりに、息が止まりそうになる。

ジャンの眼差しは、以前の高潔なふりを取り戻したようで、優しい。

「そんなに……あなたが喜ぶような選択肢は残っていないだろうと、正直に言います。まず、これまで通りの『煙突掃除人』には戻してあげられない。……これはほんとうに申し訳ないんですけれど、万が一事故があったら困るし、そもそもあなたが『アンヌ＝マリー元王女殿下』だったことは首都じゅうに知れ渡っていますから、いま煙突掃除人の格好をして出歩いたりしたら、あっというまに群衆に囲まれて仕事どころではなくなりますよ。それは、わかってください」

わかりたくはなかったが、リリアーヌにも同じことを言われたばかりだったので、渋々頷く。ジャンはいくらかほっとしたようだった。

「じゃあ次。義勇軍は元貴族の復権を求めていますが、これは決してすべてを革命前まで戻せという意味ではありません。あくまで全員が同じ市民の立場のまま……ロジャースの思惑のもと、過度に取りあげられていた名誉や仕事や財産の一部を戻し、『花籠の館』の娘たちがそれぞれの家に帰れるように、配慮したいと考えているのですが」

表情が冴えないのは、その配慮とやらの基準を決めるのが難しいかららしい。ニナはくすっと笑って、助言した。

「自分たちの頭で考えようとするから難しいんじゃないの？　ちゃんと『花籠の館』のフォンティーヌやリリアーヌたちからも意見を訊けば、うまい手がまとまりやすくなるかもしれないわよ」

「まったくそうです。僕もこの頃、男たちだけでは話し合いはうまく進まないのではないかと考えはじめていました」

「義勇軍の皆さんは、議会をどうするつもりなの？　もし新しく選挙を行う気があるのなら、女の人も交ぜてあげてほしいって思うけれど」

「もちろん。新しい国の政治が議会を重視するのに変わりはありませんし、選挙も行います。最初は義勇軍の監視のもとになるかもしれませんが……その、正直なところ、どうするのが正解かなんて、僕たちにはまだわからないんだ。よかれと思った革命でロジャースのようなやつの専横を許してしまったわけだから。だからといって昔通りに貴族に任せておきたいなんて思うわけがないし、正解はどこにあるのか」

「ちょっと、落ちついたら？」

話しているうちに混乱してきたらしいジャンが、ただでさえ鳥の巣のような頭を掻きむしりはじめたので、ニナは笑った。そうしたい気持ちが抑えきれなくなったので、ジャンを手招いて、こちらを向いてくれたところに背伸びして、キスをする。

「……」

「……ずっと国を治めるのが仕事だった国王だって、正解がわからなくて、間違えたのよ。だったらあなたにだってわからないのは、当たり前じゃない。ゆっくり、正しいと思うことを探しながら、選んでいくしかないのよ。焦らないで」

「僕が焦るのは……あなたをどうすればいいかの正解もわからないからですよ。ニナ、エルガードにいるあなたの祖父母は、アンヌ＝マリー王女の無事を喜んで、手元に引きとりたいと望んでいます。もしもあなたを返してくれるなら、講和条約を結んでもいいと」

「……」

ニナはぽかんとした。考えもしなかったことだ。クロノスを離れて、祖父母のいるエルガードへ行く？

「それを……あなたはどう考えているの？」

「だから、わからないと言っているでしょう。義勇軍の連中の希望はあなたを新しい王国の初代女王に推して、元貴族を中心とした安定政権を築くことです。もちろん政治は議会を中心にして行われますから、それはそれで国は落ちつくのかもしれないし」

「そうじゃなくてっ……私が訊きたいのは……あなたが私を、どうしたいのかっていうことよ……っ！」

もどかしくて泣きそうだ。何日も着たきりで洗濯していなさそうなジャンのシャツの襟首をつかみ、怒鳴ると、ジャンは一度泣きそうな顔をしたあと、骨が折れそうなほど強い力でニナを胸のなかに抱きすくめた。

「結婚してほしいよ……っっっ！」

あまりに強い力で、声も力強すぎたので、うまく聞きとれない。ニナが目を見開いているのに気づかず、ジャンはさらに手の力を強めた。

「結婚してほしいよ！　おれと、夫婦になって……その先どうしたらいいのかなんてわからねえけど、とにかく一緒にいてほしいんだよ！　だけどあんたが女王になるってんなら、もっといい相手を見つけなきゃならねえだろうし、エルガードに帰るってんならおれなんて追いだされるだろうし。煙突掃除人に戻してやりたくたって……おれは一緒には、煙突に潜ってやれねえし」

ニナはこのまま絞め殺されるのではないかというほど息苦しいのに、頭の上でくすん、とすすり泣くような音が聞こえたので、呆（あき）れた。ジャンは泣いているのか？　いい大人のくせに——男の子みたいに。

「……『煙突の妖精さん』」

ニナが呟くと、ジャンはびくっとして手の力を緩めた。締めつけすぎたと気づいたらしく、「ごめん」と言って身を退（ひ）こうとしたが、ニナのほうが許さずに彼を抱き返す。

十年前から変わらない、温もりだった。ううん、それよりももっと前、十二年前の革命のとき子犬を見つけてくれた男の子に、ニナはすでに惹かれていたのかもしれない。

（だってあんなに強く手をつかまれたの、はじめてだったし）

ニナが胸に頬を寄せると、ジャンが大きく息をついた。完全な地を出してしまったのが恥ずかしいらしく、苦笑いしながらニナの白金髪を撫（な）でる。

「……なんにもできなかった、のろまの『妖精さん』になにか御用ですか」

「私がいまも生きていられるのは、あなたのおかげなの。あなたと『煙突の妖精さん』、どちらもよ。革命のときに私をかくまってくれた男の子。煙突から外に連れ出してくれた

『妖精さん』に、それから、移送される馬車を止めて、手を引いて逃がしてくれた誰か」

　ジャンの手が心地いい。ニナは、十年分の人の温もりに甘えるように身を委(ゆだ)ねながら、ジャンに囁いた。

「……そうだよ」

「全部あなただったんでしょう？　ジャン・コルビジエさん」

「じゃあ、私をどうすればいいかの正解だって、あなたは知っているはずよ。王女じゃなくて女王じゃなくて、煙突掃除人でもなくて、アンヌ＝マリーとニナを。あなたがこれからどうしていくのか、答えを教えてくれるかしら」

「……言ったら、あなたは僕のものにならなきゃいけなくなる」

「私をほかの誰かに渡したいの？」

「いいや、まさか」

　耐えられなくなったように、ふわふわの髪に手を差し入れてきて、乱暴なくらいの力で仰向けにされたところで、顔が重なってきた。

（また、高潔なふりを忘れてる）

　ニナはおかしくなって、くすくす笑いだしそうになったが、ジャンの大真面目な顔があとを追いかけてくるので、しばらくは我慢して、彼のしたいように任せることにした。

※この作品はフィクションです。実在の人物・団体・事件などにはいっさい関係ありません。

集英社オレンジ文庫をお買い上げいただき、ありがとうございます。
ご意見・ご感想をお待ちしております。

● あて先
〒101-8050　東京都千代田区一ツ橋2-5-10
集英社オレンジ文庫編集部 気付
倉世　春先生

煙突掃除令嬢は妖精さんの夢を見る
～革命後夜の恋語り～

集英社
オレンジ文庫

2024年2月24日　第1刷発行

著　者　倉世　春
発行者　今井孝昭
発行所　株式会社集英社
〒101-8050東京都千代田区一ツ橋2-5-10
電話【編集部】03-3230-6352
【読者係】03-3230-6080
【販売部】03-3230-6393（書店専用）
印刷所　株式会社美松堂／中央精版印刷株式会社

ISBN 978-4-08-680545-2 C0193